COLLECTION
Sous la direction de

Guy de **MAUPASSANT**

LA MAISON TELLIER
BOULE DE SUIF

Texte intégral

Présentation
Marc Rochette
Collège François-Xavier-Garneau

ÉDITIONS DU RENOUVEAU PÉDAGOGIQUE INC.

5757, RUE CYPIHOT, SAINT-LAURENT (QUÉBEC) H4S 1R3
TÉLÉPHONE: **(514) 334-2690** TÉLÉCOPIEUR: **(514) 334-4720**
erpidlm@erpi.com **www.erpi.com**

Développement de produits
Pierre Desautels

**Supervision éditoriale
et révision linguistique**
Jacqueline Leroux

Correction d'épreuves
Claire St-Onge

Direction artistique
Hélène Cousineau

Coordination de la production
Muriel Normand

**Conception graphique
de l'intérieur**
Martin Tremblay

**Conception graphique
de la couverture**
Frédérique Bouvier

Édition électronique
Infographie DN

Photographie de la couverture
Plainpicture/Readymade-Images

Pour la protection des forêts,
cet ouvrage a été imprimé sur
du papier recyclé

- contenant 100 % de fibres
 postconsommation;
- certifié Éco-Logo;
- traité selon un procédé sans chlore;
- certifié FSC;
- fabriqué à partir d'énergie biogaz.

Dépôt légal:
Bibliothèque et Archives nationales du Québec, 2007
Bibliothèque nationale et Archives Canada, 2007
Imprimé au Canada

ISBN 978-2-7613-2213-3

34567890 MI 14 13 12 11
20422 ABCD ENV114

Table des matières

Un nouvelliste de premier plan

L'œuvre de Guy de Maupassant a maintenant plus d'un siècle et elle n'a rien perdu de son actualité, en partie parce qu'on trouve dans la prose de l'auteur de *La maison Tellier* et de *Boule de suif* un art consommé de la narration. Rien d'étonnant à ce que l'intelligence de la phrase, de la description ou de la figure de style frappe encore aujourd'hui quand on sait que le maître de Maupassant fut Gustave Flaubert. Si la qualité de la langue de l'écrivain normand émeut moins le lecteur contemporain, ses descriptions de petits-bourgeois touchent assurément par leur finesse et leur acuité. Souvent d'ailleurs, on croit reconnaître un membre de son entourage dans les portraits esquissés ; pire, parfois, c'est soi-même qu'on retrouve dans les travers décrits.

Heureusement, en notre époque trouble, l'humanisme de l'écrivain nous rassure un peu. Maupassant présente souvent des personnages tordus, pervers, parfois bêtes ou égoïstes, mais toujours la sensibilité et la compréhension pointent dans ses lignes, par un geste, une attention, une pensée du protagoniste ou du narrateur. Pour autant, il ne cherche pas à faire la morale, car c'est au lecteur, si d'aventure le cœur lui en dit, de départager ce qui paraît juste et ce qui paraît condamnable, ce qui semble factice et ce qui possède toute l'apparence de la sincérité.

Avant-propos

La femme vue par l'homme

Les portraits de femme esquissés par des hommes ont longtemps été assez différents de ceux qu'en traçaient les femmes elles-mêmes. De son rôle secondaire (la plupart du temps) et de sa teneur dramatique grivoise (presque toujours) chez Boccace, la femme devient plus centrale et plus complexe chez Marguerite de Navarre. S'ils sont plus précis et détaillés, les portraits brossés par l'abbé Prévost (*Manon Lescaut*) ou Flaubert (*Emma Bovary*) montrent toutefois la femme sous un jour moins glorieux que ceux qu'en donne la plume d'une George Sand par exemple. Guy de Maupassant a beaucoup aimé les femmes même si on l'a dit misogyne. Il est vrai qu'il semble avoir une piètre opinion de la femme puisque les seuls rôles sociaux qu'il lui attribue sont ceux de mère ou de courtisane. Ainsi, dans sa préface à l'*Histoire de Manon Lescaut et du chevalier des Grieux*[1], il considère que la femme ne peut se démarquer qu'en amour, alors que l'homme peut briller dans les hautes sphères de la philosophie ou de la littérature. D'autres faits et gestes du romancier démentent toutefois sa misogynie. En effet, Maupassant estime que la femme est en tout autre point l'égale de l'homme et, dans ses fictions, c'est souvent elle qui s'en tire avec le plus de dignité, qu'elle incarne une dame respectable ou une prostituée. En fait, Maupassant véhicule les idées de son époque : c'est le désir des hommes qui détermine l'image, ou plutôt les images, de la femme. De l'épouse soumise à la mère aimante, de la jeune fille qui excite le désir à la prostituée qui monnaie le fantasme, la femme tombe dans l'un ou l'autre stéréotype. La nouvelle *Boule de suif* montre

1. H. Launette, Paris, 1885.

bien ce regard des contemporains de l'auteur, Français ou
Allemands, sur le personnage principal. Cependant, dans
Boule de suif comme dans *La maison Tellier*, Maupassant
renverse les stéréotypes en dressant des portraits de femmes
bien plus nuancés et en donnant parfois une stature morale
plus grande à celles dont on pourrait croire d'abord qu'elles
en sont dépourvues.

Une fin de siècle en ébullition

Guy de Maupassant naît le 5 août 1850, à la fin de la
Seconde République. Deux ans plus tard, Napoléon III
proclame le Second Empire, régime politique qui sera ren-
versé pendant la guerre franco-allemande de 1870-1871. Au
sortir de cette guerre, la France vit sous la Troisième Répu-
blique. La seconde moitié du XIXe siècle est donc une période
mouvementée sur le plan politique, une ère de révolutions
tous azimuts. La bourgeoisie, à qui la Révolution française a
donné des ailes, assoit son pouvoir au fur et à mesure que le
siècle avance ; en parallèle avec le développement industriel,
de grands réseaux ferroviaires sont mis en place et les ban-
ques étendent leur hégémonie sur toute l'activité économique.
C'est le début des grands empires industriels et financiers, qui
asphyxient petits propriétaires et petits exploitants terriens. La
science et la technologie connaissent un essor inégalé :
l'invention de la machine à vapeur, des rayons X et de l'anes-
thésie chirurgicale ; l'implantation de la méthode expéri-
mentale ; la découverte du procédé de pasteurisation et du
vaccin contre la rage ; le développement des utilisations de
l'électricité et du moteur à explosion. Nombre de ces inven-
tions ou applications contribuent évidemment à la croissance
économique et industrielle, en plus de faire naître cette idée
que la science concourt non seulement au progrès matériel,
mais aussi à l'élévation morale de l'être humain.

Sur le plan social, quelques améliorations viennent adoucir
le sort des pauvres gens, rendu plus cruel par l'industrialisa-

tion. Le régime scolaire profite des lycées, mis en place par Napoléon 1er au début du siècle, ainsi que de la loi de 1833, qui vise le développement de l'école primaire et constitue les prémices de l'instruction primaire laïque obligatoire et gratuite, laquelle verra le jour en 1882. Le livre connaît aussi une popularité croissante et, grâce au colportage, il réussit à atteindre les campagnes. Le tirage des journaux augmente ; les écrivains y tiennent des chroniques, y écrivent des critiques ou des billets et y publient des œuvres sous forme de feuilletons. Sur le plan littéraire, après le romantisme qui inaugure le siècle, les poètes vont ouvrir les voies de l'imaginaire avec le symbolisme, qui mènera au surréalisme au siècle suivant, tandis que les nouvellistes et romanciers vont plutôt s'inscrire dans la lignée des positivistes[1] et chercher à coller le plus possible à la réalité.

Le réalisme

Le réalisme est un courant littéraire qui naît en réaction au romantisme dans la seconde moitié du XIXe siècle. Les romantiques mettaient en scène des personnages hypertrophiés ou des situations excessives, comme dans le *René* de Chateaubriand, afin d'accentuer l'effet dramatique ou encore d'insister sur tel ou tel caractère. Les réalistes vont chercher à donner une représentation sérieuse et fidèle de la réalité jusque dans ses moindres détails, par exemple en intégrant des régionalismes à la narration ou dans une réplique afin de faire vrai. Les écrivains vont désormais s'intéresser aux mœurs de la société, à celles de la bourgeoisie en particulier, mais aussi à celles des petites gens. Alors que les romantiques mettent en valeur l'individu, les réalistes, eux, vont s'attarder aux types humains et aux groupes sociaux. Malgré

1. Partisans du positivisme, doctrine d'Auguste Comte, qui privilégie l'observation des faits et la science, et s'oppose à la métaphysique.

ce qu'il a pu lui-même en dire, Maupassant est un écrivain réaliste. Il ne prétend pas, comme les naturalistes, à l'objectivité scientifique ; au contraire, il colle vraiment à ce que ses sens lui permettent de constater pour décrire le réel et les gens qui le peuplent. En effet, Maupassant décrit avec précision ce qu'il perçoit. À cet égard, il explique :

> Faire vrai consiste donc à donner l'illusion complète du vrai, suivant la logique ordinaire des faits, et non à les transcrire servilement dans le pêle-mêle de leur succession.

> J'en conclus que les Réalistes de talent devraient s'appeler plutôt des Illusionnistes.

> Quel enfantillage, d'ailleurs, de croire à la réalité puisque nous portons chacun la nôtre dans notre pensée et dans nos organes. Nos yeux, nos oreilles, notre odorat, notre goût différents créent autant de vérités qu'il y a d'hommes sur la terre. Et nos esprits qui reçoivent les instructions de ces organes, diversement impressionnés, comprennent, analysent et jugent comme si chacun de nous appartenait à une autre race.

> Chacun de nous se fait donc simplement une illusion du monde, illusion poétique, sentimentale, joyeuse, mélancolique, sale ou lugubre suivant sa nature. Et l'écrivain n'a d'autre mission que de reproduire fidèlement cette illusion avec tous les procédés d'art qu'il a appris et dont il peut disposer.[1]

On peut donc affirmer qu'il n'est pas à la recherche de *la* vérité, mais de *sa* vérité, celle qui présenterait de l'univers qui l'entoure une image conforme à ce que ses sens lui fournissent. Si Guy de Maupassant ne s'intéresse pas aux êtres exceptionnels, aux destins extraordinaires, c'est qu'il se concentre sur l'homme vulgaire (au sens étymologique), la foule, les faits divers à caractère social, les petits tableaux du quotidien, bref le monde contemporain.

1. Guy de Maupassant. « Le Roman » in *Pierre et Jean*, édition établie par Daniel Leuwers, chronologie de Pierre Cogny, Paris, Flammarion, GF n° 627, 1992, p. 22.

En somme, si le Romancier d'hier choisissait et racontait les crises de la vie, les états aigus de l'âme et du cœur, le Romancier d'aujourd'hui écrit l'histoire du cœur, de l'âme et de l'intelligence à l'état normal. Pour produire l'effet qu'il poursuit, c'est-à-dire l'émotion de la simple réalité, et pour dégager l'enseignement artistique qu'il en veut tirer, c'est-à-dire la révélation de ce qu'est véritablement l'homme contemporain devant ses yeux, il devra n'employer que des faits d'une vérité irrécusable et constante.[1]

Pour compléter le tableau et réussir l'illusion réaliste, Maupassant a recours à des expressions populaires qui visent à faire couleur locale et à des éléments de décor qui visent non pas à faire progresser l'histoire mais à renvoyer au monde du lecteur (tel est le cas de la lanterne de la maison Tellier – voir p. 4).

Le style de Maupassant

Maupassant est lui-même assez explicite sur son art poétique, qu'il résume fort bien en rapportant des propos de Gustave Flaubert.

Quand vous passez, me disait-il, devant un épicier assis sur sa porte, devant un concierge qui fume sa pipe, devant une station de fiacres, montrez-moi cet épicier et ce concierge, leur pose, toute leur apparence physique contenant aussi, indiquée par l'adresse de l'image, toute leur nature morale, de façon à ce que je ne les confonde avec aucun autre épicier ou avec aucun autre concierge, et faites-moi voir, par un seul mot, en quoi un cheval de fiacre ne ressemble pas aux cinquante autres qui le suivent et le précèdent.[2]

1. *Ibid.*, p. 20.
2. *Ibid.*, p. 28.

À ces exigences d'observation et de précision, Maupassant renchérit sur l'importance du vocabulaire :

> Quelle que soit la chose qu'on veut dire, il n'y a qu'un mot pour l'exprimer, qu'un verbe pour l'animer et qu'un adjectif pour la qualifier. Il faut donc chercher, jusqu'à ce qu'on les ait découverts, ce mot, ce verbe et cet adjectif, et ne jamais se contenter de l'à peu près, ne jamais avoir recours à des supercheries, même heureuses, à des clowneries de langage pour éviter la difficulté.[1]

Sur le plan syntaxique, Maupassant est un écrivain bien de son temps ; il n'hésite pas, quand la tension dramatique l'exige, à utiliser des phrases très courtes. Au besoin, il peut s'étaler sur plusieurs dizaines de mots, de la majuscule au point : inversion, coordination, subordination ou juxtaposition y sont souvent mises à profit avec grande adresse.

> Les bourgeois enfin se dispersèrent.

> Peu à peu, le calme revint sur la cité troublée. De place en place, encore par instants, un bruit de voix s'élevait, puis s'éteignait dans le lointain.

> Seul, un homme errait toujours, M. Tournevau, le saleur, désolé d'attendre au prochain samedi ; et il espérait on ne sait quel hasard, ne comprenant pas ; s'exaspérant que la police laissât fermer ainsi un établissement d'utilité publique qu'elle surveille et tient sous sa garde.[2]

On le voit, Maupassant use avec habileté de tous les recours de la rhétorique, de la construction narrative et de l'art du dialogue. Et les deux nouvelles réunies ici illustrent remarquablement ses qualités de grand écrivain. En voici quelques preuves.

1. *Ibid.*, p. 28.
2. *La maison Tellier*, p. 9.

La maison Tellier, ou la transcendance des femmes

La maison Tellier se déroule en deux temps : tout d'abord, on y voit des citadins désemparés par la fermeture temporaire d'une maison close ; ensuite, on accompagne les professionnelles de la maison à une première communion dans un village. Deux regards sur les femmes s'y entrecoupent : la vision toute utilitaire des hommes de la ville, d'une part, et la considération des campagnards pour cette bande de femmes aussi colorées qu'exotiques, d'autre part. Clairement ici, les femmes apparaissent plus généreuses, sensibles et altruistes que les hommes, des bourgeois aux marins, du commis voyageur au frère de M^me Tellier.

Construction de la nouvelle Le récit est construit fort simplement, dans la plus pure tradition de la nouvelle. Le début de la première partie, soit le préambule, qui va des pages 2 à 6, où l'auteur décrit la maison et ses occupantes, nous paraît situé en marge de l'histoire. La suite de la partie présente le rôle social de la maison close et ne s'intègre pas, contrairement au reste de la nouvelle, dans un déroulement chronologique : elle s'insère, par anticipation, au milieu du voyage de Madame et des filles vers Virville, lors de leur seule nuit hors de Fécamp. La deuxième partie suit une progression tout à fait linéaire (le départ de Fécamp, le trajet et l'arrivée à Virville) et constitue en même temps une explication de ce mystérieux « Fermé pour cause de première communion ». La troisième partie, consacrée au lendemain, décrit le dénouement des événements exposés dans la deuxième partie. Il faut aussi noter que le narrateur est omniscient et qu'il ourdit sa trame en plantant d'abord le décor ou les circonstances, puis les personnages et enfin les événements auxquels ils prennent part.

Thèmes Maupassant livre ici une de ses grandes nouvelles dont la richesse thématique constitue l'une des principales caractéristiques : le rôle social du bordel, le grégarisme (des

filles comme de tous les groupes sociaux), la famille, la ville,
la campagne, etc. Deux axes de lecture permettent de cerner
la thématique centrale. D'abord, un parallèle s'établit d'em-
blée entre le liturgique et le profane, qui laisse transparaître
le sarcasme de l'auteur à l'égard de la religion : ainsi, à la
première page, on nous dit que derrière la maison Tellier se
trouve « la côte de la Vierge avec sa vieille chapelle toute
grise » et, un peu plus loin, on évoque la lanterne à l'entrée
du salon de Jupiter[1] en la comparant à « celles qu'on allume
encore en certaines villes aux pieds des madones encastrées
dans les murs ». Ensuite, deuxième point de vue, la ville et la
campagne sont mises en relation : on voit bien que les filles
ne sont pas considérées de la même façon dans la cité et au
village et qu'elles y jouent des rôles fort différents ; il est
facile de remarquer aussi que leur absence ou leur présence
créent des vicissitudes de nature opposée.

Boule de suif, ou la femme sacrifiée

Boule de suif est une anecdote cruelle sur l'individualisme et
une dure illustration du dicton « la fin justifie les moyens ». On
voit dans cette nouvelle ceux qui devraient être des modèles
sociaux se transformer en perfides manipulateurs hypocrites.
La femme de « petite vertu » s'y révèle seule porteuse d'une
digne morale.

Construction de la nouvelle En apparence ici aussi, la nou-
velle se développe de façon linéaire, du premier événement
au dernier : une situation initiale, un événement déclencheur,
des péripéties et une situation finale qui ressemble étrange-
ment à la situation initiale. Si on y regarde de plus près, on
découvre cependant une structure en miroir sur deux plans.

1. La salle de la maison close réservée aux bourgeois. Voir la note de la
 page 4.

Dans un plan, on a l'image d'une calèche qui va très lentement. Au cours de la première journée, en plein après-midi, tous les voyageurs sont d'abord envieux de Boule de suif puis éprouvent à son égard de la reconnaissance parce qu'elle a pu leur donner à manger. Le récit se termine sur la même troupe, en calèche toujours, mais cette fois c'est Boule de suif, piteuse, qui est en position de faiblesse ; quant aux autres, ils lui manifestent du mépris. Le revirement de situation ne fait que donner de l'importance au parallélisme entre les deux scènes. Dans l'autre plan apparaît un motif récurrent de la nouvelle : les bourgeois doivent leur salut à la prostituée. Celle-ci les sauve d'abord en leur offrant à manger, puis en s'offrant au Prussien.

Thèmes Deux thèmes dominent la nouvelle : la guerre et la nourriture. Et, dans chacun d'eux, l'idée s'inscrit sur plusieurs plans, comme un écho de la structure en miroir. Le contexte de la guerre franco-allemande de 1870-1871[1] permet de camper le premier thème, et l'attitude qu'adopteront les voyageurs à l'égard de Boule de suif – ils veulent la *livrer à l'ennemi*, ils *conspirent*, ils *préparent le blocus*, *préparent les manœuvres*, etc. – permet de l'exploiter plus avant.

De la même façon, la nourriture occupe une place centrale dans le récit : il en est question tant lors du voyage en diligence que lors du séjour forcé, et c'est lors d'un repas que les voyageurs décident de convaincre Boule de suif de céder aux exigences de l'officier. Encore une fois, Maupassant va

1. En juillet 1870, Napoléon III déclare la guerre à la Prusse. Tous les États allemands, unifiés par Bismarck, prennent alors d'assaut la France, et les armées françaises, inférieures en nombre, moins bien équipées et moins bien organisées, sont rapidement défaites. Le conflit met fin au Second Empire au début du mois de septembre et, deux semaines plus tard, Paris est prise. En décembre, les Allemands occupent la Normandie. Malgré une résistance acharnée dans la capitale et dans les campagnes, le gouvernement provisoire signe, en mai 1871, le traité de Francfort, qui met fin au conflit. La France y perd l'Alsace et une partie de la Lorraine.

plus loin : dans sa description du personnage principal, les images de nourriture ne manquent pas et, pour accentuer le parallélisme, c'est alors que ses compagnons partagent un autre repas que Boule de suif se livre au Prussien.

Un écrivain à relire

Parce qu'il croit autant en l'intelligence du lecteur qu'en l'importance du travail de l'écrivain, Guy de Maupassant construit ses nouvelles de façon qu'elles puissent être relues. En effet, à chaque lecture apparaît une perspective à sonder, un plan à explorer, une phrase à savourer. *Boule de suif* et *La maison Tellier* entrent sans aucun doute dans la catégorie des nouvelles à relire, autant pour les étonnants portraits de femme qui y sont livrés que pour les qualités d'écrivain qui y sont révélées.

Les pages qui suivent renferment deux œuvres remarquables d'un écrivain qui a, sans contredit, marqué la littérature de la fin du XIXᵉ siècle. Pour la finesse de ses analyses, la précision de son écriture et la richesse de ses nouvelles, Maupassant mérite d'être lu et relu aujourd'hui.

AVERTISSEMENT

La maison Tellier est extraite du recueil éponyme, publié du vivant de Maupassant chez Havard, puis chez Ollendorf. Boule de suif provient d'un recueil intitulé Les soirées de Médan, *publié à l'origine en 1880, dans lequel on trouve également des nouvelles d'Émile Zola et de Joris Karl Huysmans, entre autres.*

La maison Tellier et Boule de suif apparaissent dans diverses éditions courantes des œuvres de l'écrivain normand. La courte bibliographie présentée à la fin du livre indique les éditions originales et les principales éditions contemporaines.

LA MAISON TELLIER

I

On allait là, chaque soir, vers onze heures, comme au café, simplement.

Ils s'y retrouvaient à six ou huit, toujours les mêmes, non pas des noceurs, mais des hommes honorables, des commerçants, des jeunes gens de la ville; et l'on prenait sa chartreuse en lutinant quelque peu les filles, ou bien on causait sérieusement avec Madame, que tout le monde respectait.

Puis on rentrait se coucher avant minuit. Les jeunes gens quelquefois restaient.

La maison était familiale, toute petite, peinte en jaune, à l'encoignure d'une rue derrière l'église Saint-Étienne; et, par les fenêtres, on apercevait le bassin plein de navires qu'on déchargeait, le grand marais salant appelé «la Retenue» et, derrière, la côte de la Vierge avec sa vieille chapelle toute grise.

Madame, issue d'une bonne famille de paysans du département de l'Eure, avait accepté cette profession absolument comme elle serait devenue modiste ou lingère. Le préjugé du déshonneur attaché à la prostitution, si violent et si vivace dans les villes, n'existe pas dans la campagne normande. Le paysan dit: «C'est un bon métier»; et il envoie son enfant tenir un harem de filles comme il l'enverrait diriger un pensionnat de demoiselles.

Cette maison, du reste, était venue par héritage d'un vieil oncle qui la possédait. Monsieur et Madame, autrefois aubergistes près d'Yvetot, avaient immédiatement liquidé, jugeant l'affaire de Fécamp plus avantageuse pour eux; et ils étaient arrivés un beau matin prendre la direction de l'entreprise qui périclitait en l'absence des patrons.

C'étaient de braves gens qui se firent aimer tout de suite par leur personnel et des voisins.

Monsieur mourut d'un coup de sang deux ans plus tard. Sa nouvelle profession l'entretenant dans la mollesse et l'immobilité, il était devenu très gros, et sa santé l'avait étouffé.

Madame, depuis son veuvage, était vainement désirée par tous les habitués de l'établissement; mais on la disait absolument sage, et les pensionnaires elles-mêmes n'étaient parvenues à rien découvrir.

Elle était grande, charnue, avenante. Son teint, pâli dans l'obscurité de ce logis toujours clos, luisait comme sous un vernis gras. Une mince garniture de cheveux follets, faux et frisés, entourait son front, et lui donnait un aspect juvénile qui jurait avec la maturité de ses formes. Invariablement gaie et la figure ouverte, elle plaisantait volontiers, avec une nuance de retenue que ses occupations nouvelles n'avaient pas encore pu lui faire perdre. Les gros mots la choquaient toujours un peu; et quand un garçon mal élevé appelait de son nom propre l'établissement qu'elle dirigeait, elle se fâchait, révoltée. Enfin elle avait l'âme délicate, et, bien que traitant ses femmes en amies, elle répétait volontiers qu'elles « n'étaient point du même panier ».

Parfois, durant la semaine, elle partait en voiture de louage avec une fraction de sa troupe; et l'on allait folâtrer sur l'herbe au bord de la petite rivière qui coule dans les fonds de Valmont[1]. C'étaient alors des parties de pensionnaires échappées, des courses folles, des jeux enfantins, toute une joie de recluses grisées par le grand air. On mangeait de la charcuterie sur le gazon en buvant du cidre, et l'on rentrait à la nuit tombante avec une fatigue délicieuse, un attendrissement doux; et dans la voiture on embrassait Madame comme une mère très bonne pleine de mansuétude et de complaisance.

La maison avait deux entrées. À l'encoignure, une sorte de café borgne s'ouvrait, le soir, aux gens du peuple et aux

1. Maupassant a utilisé ce nom comme un de ses premiers pseudonymes.

matelots. Deux des personnes chargées du commerce spécial
du lieu étaient particulièrement destinées aux besoins de cette
partie de la clientèle. Elles servaient, avec l'aide du garçon,
nommé Frédéric, un petit blond imberbe et fort comme
un bœuf, les chopines de vin et les canettes sur les tables de
marbre branlantes, et, les bras jetés au cou des buveurs,
assises en travers de leurs jambes, elles poussaient à la
consommation.

Les trois autres dames (elles n'étaient que cinq) formaient
une sorte d'aristocratie, et demeuraient réservées à la com-
pagnie du premier, à moins pourtant qu'on n'eût besoin
d'elles en bas et que le premier fût vide.

Le salon de Jupiter, où se réunissaient les bourgeois de
l'endroit, était tapissé de papier bleu et agrémenté d'un grand
dessin représentant Léda étendue sous un cygne[1]. On parve-
nait dans ce lieu au moyen d'un escalier tournant terminé par
une porte étroite, humble d'apparence, donnant sur la rue, et
au dessus de laquelle brillait toute la nuit, derrière un treillage,
une petite lanterne comme celles qu'on allume encore en cer-
taines villes aux pieds des madones encastrées dans les murs.

Le bâtiment, humide et vieux, sentait légèrement le
moisi. Par moments, un souffle d'eau de Cologne passait dans
les couloirs, ou bien une porte entrouverte en bas faisait
éclater dans toute la demeure, comme une explosion de
tonnerre, les cris populaciers des hommes attablés au rez-
de-chaussée, et mettait sur la figure des messieurs du premier
une moue inquiète et dégoûtée.

Madame, familière avec les clients ses amis, ne quittait
point le salon, et s'intéressait aux rumeurs de la ville qui lui
parvenaient par eux. Sa conversation grave faisait diversion
aux propos sans suite des trois femmes ; elle était comme un

1. Léda fut l'épouse de Tyndare, roi de Sparte. Selon le mythe, Zeus lui appa-
raît et la séduit sous la forme d'un cygne. Clytemenestre, Hélène, Castor et
Pollux naîtront de cette union.

repos dans le badinage polisson des particuliers ventrus qui se livraient chaque soir à cette débauche honnête et médiocre de boire un verre de liqueur en compagnie de filles publiques.

Les trois dames du premier s'appelaient Fernande, Raphaële et Rosa la Rosse.

Le personnel étant restreint, on avait tâché que chacune d'elles fût comme un échantillon, un résumé du type féminin, afin que tout consommateur pût trouver là, à peu près du moins, la réalisation de son idéal.

Fernande représentait la belle blonde, très grande, presque obèse, molle, fille des champs dont les taches de rousseur se refusaient à disparaître, et dont la chevelure filasse, écourtée, claire et sans couleur, pareille à du chanvre peigné, lui couvrait insuffisamment le crâne.

Raphaële, une Marseillaise, roulure des ports de mer, jouait le rôle indispensable de la belle Juive, maigre, avec des pommettes saillantes plâtrées de rouge. Ses cheveux noirs, lustrés à la moelle de bœuf, formaient des crochets sur ses tempes. Ses yeux eussent paru beaux si le droit n'avait pas été marqué d'une taie. Son nez arqué tombait sur une mâchoire accentuée où deux dents neuves, en haut, faisaient tache à côté de celles du bas qui avaient pris en vieillissant une teinte foncée comme les bois anciens.

Rosa la Rosse, une petite boule de chair tout en ventre avec des jambes minuscules, chantait du matin au soir, d'une voix éraillée, des couplets alternativement grivois ou sentimentaux, racontait des histoires interminables et insignifiantes, ne cessait de parler que pour manger et de manger que pour parler, remuait toujours, souple comme un écureuil malgré sa graisse et l'exiguïté de ses pattes ; et son rire, une cascade de cris aigus, éclatait sans cesse, de-ci, de-là, dans une chambre, au grenier, dans le café, partout, à propos de rien.

Les deux femmes du rez-de-chaussée, Louise, surnommée Cocote, et Flora, dite Balançoire parce qu'elle boitait un

peu, l'une toujours en Liberté avec une ceinture tricolore[1], l'autre en Espagnole de fantaisie avec des sequins de cuivre qui dansaient dans ses cheveux carotte à chacun de ses pas inégaux, avaient l'air de filles de cuisine habillées pour un carnaval. Pareilles à toutes les femmes du peuple, ni plus laides, ni plus belles, vraies servantes d'auberge, on les désignait dans le port sous le sobriquet des deux Pompes.

Une paix jalouse, mais rarement troublée, régnait entre ces cinq femmes, grâce à la sagesse conciliante de Madame et à son intarissable bonne humeur.

L'établissement, unique dans la petite ville, était assidûment fréquenté. Madame avait su lui donner une tenue si comme il faut; elle se montrait si aimable, si prévenante envers tout le monde; son bon cœur était si connu, qu'une sorte de considération l'entourait. Les habitués faisaient des frais pour elle, triomphaient quand elle leur témoignait une amitié plus marquée; et lorsqu'ils se rencontraient dans le jour pour leurs affaires, ils se disaient: «À ce soir, où vous savez», comme on se dit: «Au café, n'est-ce pas? après dîner.»

Enfin la maison Tellier était une ressource, et rarement quelqu'un manquait au rendez-vous quotidien.

Or, un soir, vers la fin du mois de mai, le premier arrivé, M. Poulin, marchand de bois et ancien maire, trouva la porte close. La petite lanterne, derrière son treillage, ne brillait point; aucun bruit ne sortait du logis, qui semblait mort. Il frappa, doucement d'abord, avec plus de force ensuite; personne ne répondit. Alors il remonta la rue à petits pas, et, comme il arrivait sur la place du Marché, il rencontra M. Duvert, l'armateur, qui se rendait au même endroit. Ils y retournèrent ensemble sans plus de succès. Mais un grand

1. La Liberté, chez les Grecs et les Romains comme chez les Français, a figure féminine, comme dans le tableau d'Eugène Delacroix, *La Liberté guidant le peuple* (1831), auquel Maupassant fait ici référence (la ceinture tricolore renvoie au drapeau français).

bruit éclata soudain tout près d'eux, et, ayant tourné la maison, ils aperçurent un rassemblement de matelots anglais et français qui heurtaient à coups de poings les volets fermés du café.

Les deux bourgeois aussitôt s'enfuirent pour n'être pas compromis ; mais un léger « pss't » les arrêta : c'était M. Tournevau, le saleur de poisson, qui, les ayant reconnus, les hélait. Ils lui dirent la chose, dont il fut d'autant plus affecté que lui, marié, père de famille et fort surveillé, ne venait là que le samedi, « securitatis causa[1] », disait-il, faisant allusion à une mesure de police sanitaire dont le docteur Borde, son ami, lui avait révélé les périodiques retours. C'était justement son soir et il allait se trouver ainsi privé pour toute la semaine.

Les trois hommes firent un grand crochet jusqu'au quai, trouvèrent en route le jeune M. Philippe, fils du banquier, un habitué, et M. Pimpesse, le percepteur. Tous ensemble revinrent alors par la rue « aux Juifs » pour essayer une dernière tentative. Mais les matelots exaspérés faisaient le siège de la maison, jetaient des pierres, hurlaient ; et les cinq clients du premier étage, rebroussant chemin le plus vite possible, se mirent à errer par les rues.

Ils rencontrèrent encore M. Dupuis, l'agent d'assurances, puis M. Vasse, le juge au tribunal de commerce ; et une longue promenade commença qui les conduisit à la jetée d'abord. Ils s'assirent en ligne sur le parapet de granit et regardèrent moutonner les flots. L'écume, sur la crête des vagues, faisait dans l'ombre des blancheurs lumineuses, éteintes presque aussitôt qu'apparues, et le bruit monotone de la mer brisant contre les rochers se prolongeait dans la nuit tout le long de la falaise.

Lorsque les tristes promeneurs furent restés là quelque temps, M. Tournevau déclara : « Ça n'est pas gai. » « Non certes », reprit M. Pimpesse ; et ils repartirent à petits pas.

1. Latin. *Pour raison de sécurité*. Une loi obligeait les filles à se soumettre à des visites médicales régulières.

Après avoir longé la rue que domine la côte et qu'on appelle : « Sous-le-Bois[1] », ils revinrent par le pont de planches sur la Retenue, passèrent près du chemin de fer et débouchèrent de nouveau place du Marché, où une querelle commença tout à coup entre le percepteur, M. Pimpesse, et le saleur, M. Tournevau, à propos d'un champignon comestible que l'un d'eux affirmait avoir trouvé dans les environs.

Les esprits étant aigris par l'ennui, on en serait peut-être venu aux voies de fait si les autres ne s'étaient interposés. M. Pimpesse, furieux, se retira ; et aussitôt une nouvelle altercation s'éleva entre l'ancien maire, M. Poulin, et l'agent d'assurances, M. Dupuis, au sujet des appointements du percepteur et des bénéfices qu'il pouvait se créer. Les propos injurieux pleuvaient des deux côtés, quand une tempête de cris formidables se déchaîna, et la troupe des matelots, fatigués d'attendre en vain devant une maison fermée, déboucha sur la place. Ils se tenaient par le bras, deux par deux, formant une longue procession, et ils vociféraient furieusement. Le groupe des bourgeois se dissimula sous une porte, et la horde hurlante disparut dans la direction de l'abbaye. Longtemps encore on entendit la clameur qui diminuait comme un orage qui s'éloigne ; et le silence se rétablit.

M. Poulin et M. Dupuis, enragés l'un contre l'autre, partirent, chacun de son côté, sans se saluer.

Les quatre autres se remirent en marche, et redescendirent instinctivement vers l'établissement Tellier. Il était toujours clos, muet, impénétrable. Un ivrogne, tranquille et obstiné, tapait des petits coups dans la devanture du café, puis s'arrêtait pour appeler à mi-voix le garçon Frédéric. Voyant qu'on ne lui répondait point, il prit le parti de s'asseoir sur la marche de la porte, et d'attendre les événements.

1. Cette rue, où Maupassant lui-même serait né, porte aujourd'hui le nom de « quai Guy-de-Maupassant ».

Les bourgeois allaient se retirer quand la bande tumultueuse des hommes du port reparut au bout de la rue. Les matelots français braillaient la *Marseillaise*, les anglais le *Rule Britannia*[1]. Il y eut un ruement général contre les murs, puis le flot de brutes reprit son cours vers le quai, où une bataille éclata entre les marins des deux nations. Dans la rixe, un Anglais eut le bras cassé, et un Français le nez fendu.

L'ivrogne, qui était resté devant la porte, pleurait maintenant comme pleurent les pochards ou les enfants contrariés.

Les bourgeois, enfin, se dispersèrent.

Peu à peu le calme revint sur la cité troublée. De place en place, encore par instants, un bruit de voix s'élevait, puis s'éteignait dans le lointain.

Seul, un homme errait toujours, M. Tournevau, le saleur, désolé d'attendre au prochain samedi; et il espérait on ne sait quel hasard, ne comprenant pas; s'exaspérant que la police laissât fermer ainsi un établissement d'utilité publique qu'elle surveille et tient sous sa garde.

Il y retourna, flairant les murs, cherchant la raison : et il s'aperçut que sur l'auvent une pancarte était collée. Il alluma bien vite une allumette-bougie, et lut ces mots tracés d'une grande écriture inégale : « Fermé pour cause de première communion. »

Alors il s'éloigna, comprenant bien que c'était fini.

L'ivrogne maintenant dormait, étendu tout de son long en travers de la porte inhospitalière.

Et le lendemain, tous les habitués, l'un après l'autre, trouvèrent moyen de passer dans la rue avec des papiers sous le bras pour se donner une contenance; et d'un coup d'œil furtif, chacun lisait l'avertissement mystérieux : « Fermé pour cause de première communion. »

1. Chant patriotique anglais.

II

C'est que Madame avait un frère établi menuisier en leur pays natal, Virville[1], dans l'Eure. Du temps que Madame était encore aubergiste à Yvetot, elle avait tenu sur les fonts baptismaux la fille de ce frère qu'elle nomma Constance, Constance Rivet ; étant elle-même une Rivet par son père. Le menuisier, qui savait sa sœur en bonne position, ne la perdait pas de vue, bien qu'ils ne se rencontrassent pas souvent, retenus tous les deux par leurs occupations et habitant du reste loin l'un de l'autre. Mais comme la fillette allait avoir douze ans, et faisait, cette année-là, sa première communion, il saisit cette occasion d'un rapprochement, et il écrivit à sa sœur qu'il comptait sur elle pour la cérémonie. Les vieux parents étaient morts, elle ne pouvait refuser à sa filleule ; elle accepta. Son frère, qui s'appelait Joseph, espérait qu'à force de prévenances il arriverait peut être à obtenir qu'on fît un testament en faveur de la petite, Madame étant sans enfants.

La profession de sa sœur ne gênait nullement ses scrupules, et, du reste, personne dans le pays ne savait rien. On disait seulement en parlant d'elle : « Madame Tellier est une bourgeoise de Fécamp », ce qui laissait supposer qu'elle pouvait vivre de ses rentes. De Fécamp à Virville on comptait au moins vingt lieues ; et vingt lieues de terre pour des paysans sont plus difficiles à franchir que l'Océan pour un civilisé. Les gens de Virville n'avaient jamais dépassé Rouen ; rien n'attirait ceux de Fécamp dans un petit village de cinq cents feux, perdu au milieu des plaines et faisant partie d'un autre département. Enfin on ne savait rien.

1. Il n'y a pas de Virville dans l'Eure, mais il y en a un en Seine-Maritime, à une vingtaine de kilomètres au sud de Fécamp. Le trajet que décrit ensuite Maupassant mène cependant bel et bien au sud de Rouen, dans l'Eure.

Mais, l'époque de la communion approchant, Madame éprouva un grand embarras. Elle n'avait point de sous-maîtresse, et ne se souciait nullement de laisser la maison, même pendant un jour. Toutes les rivalités entre les dames d'en haut et celles d'en bas éclateraient infailliblement ; puis Frédéric se griserait sans doute, et quand il était gris, il assommait les gens pour un oui ou pour un non. Enfin elle se décida à emmener tout son monde, sauf le garçon à qui elle donna sa liberté jusqu'au surlendemain.

Le frère consulté ne fit aucune opposition, et se chargea de loger la compagnie entière pour une nuit. Donc, le samedi matin, le train express de huit heures emportait Madame et ses compagnes dans un wagon de seconde classe[1].

Jusqu'à Beuzeville elles furent seules et jacassèrent comme des pies. Mais à cette gare un couple monta. L'homme, vieux paysan, vêtu d'une blouse bleue, avec un col plissé, des manches larges serrées aux poignets et ornées d'une petite broderie blanche, couvert d'un antique chapeau de forme haute dont le poil roussi semblait hérissé, tenait d'une main un immense parapluie vert, et de l'autre un vaste panier qui laissait passer les têtes effarées de trois canards. La femme, raide en sa toilette rustique, avait une physionomie de poule avec un nez pointu comme un bec. Elle s'assit en face de son homme et demeura sans bouger, saisie de se trouver au milieu d'une si belle société.

Et c'était, en effet, dans le wagon, un éblouissement de couleurs éclatantes. Madame, tout en bleu, en soie bleue des pieds à la tête, portait là-dessus un châle de faux cachemire français, rouge, aveuglant, fulgurant. Fernande soufflait dans une robe écossaise dont le corsage, lacé à toute force par ses compagnes, soulevait sa croulante poitrine en un double dôme toujours agité qui semblait liquide sous l'étoffe.

1. Il y avait, à l'époque, trois classes dans les trains français.

Raphaële, avec une coiffure emplumée simulant un nid plein d'oiseaux, portait une toilette lilas, pailletée d'or, quelque chose d'oriental qui seyait à sa physionomie de Juive. Rosa la Rosse, en jupe rose à larges volants, avait l'air d'une enfant trop grasse, d'une naine obèse; et les deux Pompes semblaient s'être taillé des accoutrements étranges au milieu de vieux rideaux de fenêtre, ces vieux rideaux à ramages datant de la Restauration.

Sitôt qu'elles ne furent plus seules dans le compartiment, ces dames prirent une contenance grave, et se mirent à parler de choses relevées pour donner une bonne opinion d'elles. Mais à Bolbec apparut un monsieur à favoris blonds, avec des bagues et une chaîne en or, qui mit dans le filet sur sa tête plusieurs paquets enveloppés de toile cirée. Il avait un air farceur et bon enfant. Il salua, sourit et demanda avec aisance: « Ces dames changent de garnison? » Cette question jeta dans le groupe une confusion embarrassée. Madame enfin reprit contenance, et elle répondit sèchement, pour venger l'honneur du corps: « Vous pourriez bien être poli! » Il s'excusa: « Pardon, je voulais dire de monastère. » Madame, ne trouvant rien à répliquer, ou jugeant peut-être la rectification suffisante, fit un salut digne en pinçant les lèvres.

Alors le monsieur, qui se trouvait assis entre Rosa la Rosse et le vieux paysan, se mit à cligner de l'œil aux trois canards dont les têtes sortaient du grand panier; puis, quand il sentit qu'il captivait déjà son public, il commença à chatouiller ces animaux sous le bec, en leur tenant des discours drôles pour dérider la société: « Nous avons quitté notre petite ma-mare! couen! couen! couen! pour faire connaissance avec la petite broche, couen! couen! couen! » Les malheureuses bêtes tournaient le cou afin d'éviter les caresses, faisaient des efforts affreux pour sortir de leur prison d'osier; puis soudain toutes trois ensemble poussèrent un lamentable cri de détresse: « Couen! couen! couen! couen! » Alors ce fut une explosion de rires parmi les femmes. Elles se penchaient, elles se pous-

saient pour voir ; on s'intéressait follement aux canards ; et le monsieur redoublait de grâce, d'esprit et d'agaceries.

Rosa s'en mêla, et, se penchant par-dessus les jambes de son voisin, elle embrassa les trois bêtes sur le nez. Aussitôt chaque femme voulut les baiser à son tour ; et le monsieur asseyait ces dames sur ses genoux, les faisait sauter, les pinçait ; tout à coup il les tutoya.

Les deux paysans, plus affolés encore que leurs volailles, roulaient des yeux de possédés sans oser faire un mouvement, et leurs vieilles figures plissées n'avaient pas un sourire, pas un tressaillement.

Alors le monsieur, qui était commis voyageur, offrit par farce des bretelles à ces dames, et, s'emparant d'un de ses paquets, il l'ouvrit. C'était une ruse, le paquet contenait des jarretières.

Il y en avait en soie bleue, en soie rose, en soie violette, en soie mauve, en soie ponceau, avec des boucles de métal formées par deux amours enlacés et dorés. Les filles poussèrent des cris de joie, puis examinèrent les échantillons, reprises par la gravité naturelle à toute femme qui tripote un objet de toilette. Elles se consultaient de l'œil ou d'un mot chuchoté, se répondaient de même, et Madame maniait avec envie une paire de jarretières orangées, plus larges, plus imposantes que les autres : de vraies jarretières de patronne.

Le monsieur attendait, nourrissant une idée : « Allons, mes petites chattes, dit-il, il faut les essayer. » Ce fut une tempête d'exclamations ; et elles serraient leurs jupes entre leurs jambes comme si elles eussent craint des violences. Lui, tranquille, attendait son heure. Il déclara : « Vous ne voulez pas, je remballe. » Puis, finalement : « J'offrirai une paire, au choix, à celles qui feront l'essai. » Mais elles ne voulaient pas, très dignes, la taille redressée. Les deux Pompes cependant semblaient si malheureuses qu'il leur renouvela la proposition.

Flora Balançoire surtout, torturée de désir, hésitait visiblement. Il la pressa : « Vas-y, ma fille, un peu de courage ; tiens, la paire lilas, elle ira bien avec ta toilette. » Alors elle se décida, et relevant sa robe, montra une forte jambe de vachère, mal serrée en un bas grossier. Le monsieur, se baissant, accrocha la jarretière sous le genou d'abord, puis au-dessus ; et il chatouillait doucement la fille pour lui faire pousser des petits cris avec de brusques tressaillements. Quand il eut fini, il donna la paire lilas et demanda : « À qui le tour ? » Toutes ensemble s'écrièrent : « A moi ! à moi ! » Il commença par Rosa la Rosse, qui découvrit une chose informe, toute ronde, sans cheville, un vrai « boudin de jambe », comme disait Raphaële. Fernande fut complimentée par le commis voyageur qu'enthousiasmèrent ses puissantes colonnes. Les maigres tibias de la belle Juive eurent moins de succès. Louise Cocote, par plaisanterie, coiffa le monsieur de sa jupe ; et Madame fut obligée d'intervenir pour arrêter cette farce inconvenante. Enfin Madame elle-même tendit sa jambe, une belle jambe normande, grasse et musclée ; et le voyageur, surpris et ravi, ôta galamment son chapeau pour saluer ce maître mollet en vrai chevalier français.

Les deux paysans, figés dans l'ahurissement, regardaient de côté, d'un seul œil ; et ils ressemblaient si absolument à des poulets que l'homme aux favoris blonds, en se relevant, leur fit dans le nez « Co-co-ri-co ». Ce qui déchaîna de nouveau un ouragan de gaieté.

Les vieux descendirent à Motteville, avec leur panier, leurs canards et leur parapluie ; et l'on entendit la femme dire à son homme en s'éloignant : « C'est des traînées qui s'en vont encore à ce satané Paris. »

Le plaisant commis porte-balle descendit lui-même à Rouen, après s'être montré si grossier que Madame se vit obligée de le remettre vertement à sa place. Elle ajouta, comme morale : « Ça nous apprendra à causer au premier venu. »

À Oissel, elles changèrent de train, et trouvèrent à une gare suivante M. Joseph Rivet qui les attendait avec une grande charrette pleine de chaises et attelée d'un cheval blanc.

Le menuisier embrassa poliment toutes ces dames et les aida à monter dans sa carriole. Trois s'assirent sur trois chaises au fond ; Raphaële, Madame et son frère, sur les trois chaises de devant, et Rosa, n'ayant point de siège, se plaça tant bien que mal sur les genoux de la grande Fernande ; puis l'équipage se mit en route. Mais, aussitôt, le trot saccadé du bidet secoua si terriblement la voiture que les chaises commencèrent à danser, jetant les voyageuses en l'air, à droite, à gauche, avec des mouvements de pantins, des grimaces effarées, des cris d'effroi, coupés soudain par une secousse plus forte. Elles se cramponnaient aux côtés du véhicule ; les chapeaux tombaient dans le dos, sur le nez ou vers l'épaule ; et le cheval blanc allait toujours, allongeant la tête, et la queue droite, une petite queue de rat sans poil dont il se battait les fesses de temps en temps. Joseph Rivet, un pied tendu sur le brancard, l'autre jambe repliée sous lui, les coudes très élevés, tenait les rênes, et de sa gorge s'échappait à tout instant une sorte de gloussement qui, faisant dresser les oreilles au bidet, accélérait son allure.

Des deux côtés de la route la campagne verte se déroulait. Les colzas en fleur mettaient de place en place une grande nappe jaune ondulante d'où s'élevait une saine et puissante odeur, une odeur pénétrante et douce, portée très loin par le vent. Dans les seigles déjà grands des bleuets montraient leurs petites têtes azurées que les femmes voulaient cueillir, mais M. Rivet refusa d'arrêter. Puis parfois, un champ tout entier semblait arrosé de sang tant les coquelicots l'avaient envahi. Et au milieu de ces plaines colorées ainsi par les fleurs de la terre, la carriole, qui paraissait porter elle-même un bouquet de fleurs aux teintes plus ardentes, passait au trot du cheval blanc, disparaissait derrière les grands arbres d'une ferme, pour reparaître au bout du feuillage et promener de nouveau

à travers les récoltes jaunes et vertes, piquées de rouge ou de bleu, cette éclatante charretée de femmes qui fuyait sous le soleil.

Une heure sonnait quand on arriva devant la porte du menuisier.

Elles étaient brisées de fatigue et pâles de faim, n'ayant rien pris depuis le départ. M^{me} Rivet se précipita, les fit descendre l'une après l'autre, les embrassant aussitôt qu'elles touchaient terre; et elle ne se lassait point de bécoter sa belle-sœur, qu'elle désirait accaparer. On mangea dans l'atelier débarrassé des établis pour le dîner du lendemain.

Une bonne omelette que suivit une andouille grillée, arrosée de bon cidre piquant, rendit la gaieté à tout le monde. Rivet, pour trinquer, avait pris un verre, et sa femme servait, faisait la cuisine, apportait les plats, les enlevait, murmurant à l'oreille de chacun: «En avez-vous à votre désir?» Des tas de planches dressées contre les murs et des empilements de copeaux balayés dans les coins répandaient un parfum de bois varlopé, une odeur de menuiserie, ce souffle résineux qui pénètre au fond des poumons.

On réclama la petite, mais elle était à l'église, ne devant rentrer que le soir.

La compagnie alors sortit pour faire un tour dans le pays.

C'était un tout petit village que traversait une grand'route. Une dizaine de maisons rangées le long de cette voie unique abritaient les commerçants de l'endroit, le boucher, l'épicier, le menuisier, le cafetier, le savetier et le boulanger. L'église, au bout de cette sorte de rue, était entourée d'un étroit cimetière; et quatre tilleuls démesurés, plantés devant son portail, l'ombrageaient tout entière. Elle était bâtie en silex taillé, sans style aucun, et coiffée d'un clocher d'ardoises. Après elle la campagne recommençait, coupée çà et là de bouquets d'arbres cachant les fermes.

Rivet, par cérémonie, et bien qu'en vêtements d'ouvrier, avait pris le bras de sa sœur qu'il promenait avec majesté. Sa femme, tout émue par la robe à filets d'or de Raphaële, s'était placée entre elle et Fernande. La boulotte Rosa trottait derrière avec Louise Cocote et Flora Balançoire, qui boitillait, exténuée.

Les habitants venaient aux portes, les enfants arrêtaient leurs jeux, un rideau soulevé laissait entrevoir une tête coiffée d'un bonnet d'indienne ; une vieille à béquille et presque aveugle se signa comme devant une procession ; et chacun suivait longtemps du regard toutes les belles dames de la ville qui étaient venues de si loin pour la première communion de la petite à Joseph Rivet. Une immense considération rejaillissait sur le menuisier.

En passant devant l'église, elles entendirent des chants d'enfants : un cantique crié vers le ciel par des petites voix aiguës ; mais Madame empêcha qu'on entrât, pour ne point troubler ces chérubins.

Après un tour dans la campagne, et l'énumération des principales propriétés, du rendement de la terre et de la production du bétail, Joseph Rivet ramena son troupeau de femmes et l'installa dans son logis.

La place étant fort restreinte, on les avait réparties deux par deux dans les pièces.

Rivet, pour cette fois, dormirait dans l'atelier, sur les copeaux ; sa femme partagerait son lit avec sa belle-sœur, et, dans la chambre à côté, Fernande et Raphaële reposeraient ensemble. Louise et Flora se trouvaient installées dans la cuisine sur un matelas jeté par terre, et Rosa occupait seule un petit cabinet noir au-dessus de l'escalier, contre l'entrée d'une soupente étroite où coucherait, cette nuit-là, la communiante.

Lorsque rentra la petite fille, ce fut sur elle une pluie de baisers ; toutes les femmes la voulaient caresser, avec ce besoin d'expansion tendre, cette habitude professionnelle de

chatteries, qui, dans le wagon, les avait fait toutes embrasser les canards. Chacune l'assit sur ses genoux, mania ses fins cheveux blonds, la serra dans ses bras en des élans d'affection véhémente et spontanée. L'enfant bien sage, toute pénétrée de piété, comme fermée par l'absolution, se laissait faire, patiente et recueillie.

La journée ayant été pénible pour tout le monde, on se coucha bien vite après dîner. Ce silence illimité des champs qui semble presque religieux enveloppait le petit village, un silence tranquille, pénétrant, et large jusqu'aux astres. Les filles, accoutumées aux soirées tumultueuses du logis public, se sentaient émues par ce muet repos de la campagne endormie. Elles avaient des frissons sur la peau, non de froid, mais des frissons de solitude venus du cœur inquiet et troublé.

Sitôt qu'elles furent en leur lit, deux par deux, elles s'étreignirent comme pour se défendre contre cet envahissement du calme et profond sommeil de la terre. Mais Rosa la Rosse, seule en son cabinet noir, et peu habituée à dormir les bras vides, se sentit saisie par une émotion vague et pénible. Elle se retournait sur sa couche, ne pouvant obtenir le sommeil, quand elle entendit, derrière la cloison de bois contre sa tête, de faibles sanglots comme ceux d'un enfant qui pleure. Effrayée, elle appela faiblement, et une petite voix entrecoupée lui répondit. C'était la fillette qui, couchant toujours dans la chambre de sa mère, avait peur en sa soupente étroite.

Rosa, ravie, se leva, et doucement, pour ne réveiller personne, alla chercher l'enfant. Elle l'amena dans son lit bien chaud, la pressa contre sa poitrine en l'embrassant, la dorlota, l'enveloppa de sa tendresse aux manifestations exagérées, puis, calmée elle-même, s'endormit. Et jusqu'au jour la communiante reposa son front sur le sein nu de la prostituée.

Dès cinq heures, à l'Angelus, la petite cloche de l'église sonnant à toute volée réveilla ces dames qui dormaient ordinairement leur matinée entière, seul repos des fatigues nocturnes. Les paysans dans le village étaient déjà debout.

Les femmes du pays allaient affairées de porte en porte, causant vivement, apportant avec précaution de courtes robes de mousseline empesées comme du carton, ou des cierges démesurés, avec un nœud de soie frangée d'or au milieu, et des découpures de cire indiquant la place de la main. Le soleil déjà haut rayonnait dans un ciel tout bleu qui gardait vers l'horizon une teinte un peu rosée, comme une trace affaiblie de l'aurore. Des familles de poules se promenaient devant leurs maisons ; et, de place en place, un coq noir au cou luisant levait sa tête coiffée de pourpre, battait des ailes, et jetait au vent son chant de cuivre que répétaient les autres coqs.

Des carrioles arrivaient des communes voisines, déchargeant au seuil des portes les hautes Normandes en robes sombres, au fichu croisé sur la poitrine et retenu par un bijou d'argent séculaire. Les hommes avaient passé la blouse bleue sur la redingote neuve ou sur le vieil habit de drap vert dont les deux basques passaient.

Quand les chevaux furent à l'écurie, il y eut ainsi tout le long de la grand'route une double ligne de guimbardes rustiques, charrettes, cabriolets, tilburys, chars à bancs, voitures de toute forme et de tout âge, penchées sur le nez ou bien cul par terre et les brancards au ciel.

La maison du menuisier était pleine d'une activité de ruche. Ces dames, en caraco et en jupon, les cheveux répandus sur le dos, des cheveux maigres et courts qu'on aurait dits ternis et rongés par l'usage, s'occupaient à habiller l'enfant.

La petite, debout sur une table, ne remuait pas, tandis que M^me Tellier dirigeait les mouvements de son bataillon volant. On la débarbouilla, on la peigna, on la coiffa, on la vêtit, et, à l'aide d'une multitude d'épingles, on disposa les plis de la robe, on pinça la taille trop large, on organisa l'élégance de la toilette. Puis, quand ce fut terminé, on fit asseoir la patiente en lui recommandant de ne plus bouger ; et la troupe agitée des femmes courut se parer à son tour.

La petite église recommençait à sonner. Son tintement frêle de cloche pauvre montait se perdre à travers le ciel, comme une voix trop faible, vite noyée dans l'immensité bleue.

Les communiants sortaient des portes, allaient vers le bâtiment communal qui contenait les deux écoles et la mairie, et situé tout au bout du pays, tandis que la « maison de Dieu » occupait l'autre bout.

Les parents, en tenue de fête avec une physionomie gauche et ces mouvements inhabiles des corps toujours courbés sur le travail, suivaient leurs mioches. Les petites filles disparaissaient dans un nuage de tulle neigeux semblable à de la crème fouettée, tandis que les petits hommes, pareils à des embryons de garçons de café, la tête encollée de pommade, marchaient les jambes écartées, pour ne point tacher leur culotte noire.

C'était une gloire pour une famille quand un grand nombre de parents, venus de loin, entouraient l'enfant : aussi le triomphe du menuisier fut-il complet. Le régiment Tellier, patronne en tête, suivait Constance ; et le père donnant le bras à sa sœur, la mère marchant à côté de Raphaële, Fernande avec Rosa, et les deux Pompes ensemble, la troupe se déployait majestueusement comme un état-major en grand uniforme.

L'effet dans le village fut foudroyant.

À l'école, les filles se rangèrent sous la cornette de la bonne sœur, les garçons sous le chapeau de l'instituteur, un bel homme qui représentait ; et l'on partit en attaquant un cantique.

Les enfants mâles en tête allongeaient leurs deux files entre les deux rangées de voitures dételées, les filles suivaient dans le même ordre ; et tous les habitants ayant cédé le pas aux dames de la ville par considération, elles arrivaient immédiatement après les petites, prolongeant encore la double ligne de la procession, trois à gauche et trois à droite, avec leurs toilettes éclatantes comme un bouquet de feu d'artifice.

Leur entrée dans l'église affola la population. On se pressait, on se retournait, on se poussait pour les voir. Et des dévotes parlaient presque haut, stupéfaites par le spectacle de ces dames plus chamarrées que les chasubles des chantres. Le maire offrit son banc, le premier banc à droite auprès du chœur, et M^{me} Tellier y prit place avec sa belle-sœur, Fernande et Raphaële. Rosa la Rosse et les deux Pompes occupèrent le second banc en compagnie du menuisier.

Le chœur de l'église était plein d'enfants à genoux, filles d'un côté, garçons de l'autre, et les longs cierges qu'ils tenaient en main semblaient des lances inclinées en tous sens.

Devant le lutrin, trois hommes debout chantaient d'une voix pleine. Ils prolongeaient indéfiniment les syllabes du latin sonore, éternisant les Amen avec des a-a indéfinis que le serpent soutenait de sa note monotone poussée sans fin, mugie par l'instrument de cuivre à large gueule. La voix pointue d'un enfant donnait la réplique, et, de temps en temps, un prêtre assis dans une stalle et coiffé d'une barrette carrée se levait, bredouillant quelque chose et s'asseyait de nouveau, tandis que les trois chantres repartaient, l'œil fixé sur le gros livre de plain-chant ouvert devant eux et porté par les ailes déployées d'un aigle de bois monté sur pivot.

Puis un silence se fit. Toute l'assistance, d'un seul mouvement, se mit à genoux, et l'officiant parut, vieux, vénérable, avec des cheveux blancs, incliné sur le calice qu'il portait de sa main gauche. Devant lui marchaient les deux servants en robe rouge, et derrière, apparut une foule de chantres à gros souliers qui s'alignèrent des deux côtés du chœur.

Une petite clochette tinta au milieu du grand silence. L'office divin commençait. Le prêtre circulait lentement devant le tabernacle d'or, faisait des génuflexions, psalmodiait de sa voix cassée, chevrotante de vieillesse, les prières préparatoires. Aussitôt qu'il s'était tu, tous les chantres et le serpent éclataient d'un seul coup, et des hommes aussi

chantaient dans l'église, d'une voix moins forte, plus humble, comme doivent chanter les assistants.

Soudain le *Kyrie Eleison* jaillit vers le ciel, poussé par toutes les poitrines et tous les cœurs. Des grains de poussière et des fragments de bois vermoulu tombèrent même de la voûte ancienne secouée par cette explosion de cris. Le soleil qui frappait sur les ardoises du toit faisait une fournaise de la petite église ; et une grande émotion, une attente anxieuse, les approches de l'ineffable mystère, étreignaient le cœur des enfants, serraient la gorge de leurs mères.

Le prêtre, qui s'était assis quelque temps, remonta vers l'autel, et, tête nue, couvert de ses cheveux d'argent, avec des gestes tremblants, il approchait de l'acte surnaturel.

Il se tourna vers les fidèles, et, les mains tendues vers eux, prononça : « *Orate, fratres*, priez, mes frères. » Ils priaient tous. Le vieux curé balbutiait maintenant tout bas les paroles mystérieuses et suprêmes ; la clochette tintait coup sur coup, la foule prosternée appelait Dieu ; les enfants défaillaient d'une anxiété démesurée.

C'est alors que Rosa, le front dans ses mains, se rappela tout à coup sa mère, l'église de son village, sa première communion. Elle se crut revenue à ce jour-là, quand elle était si petite, toute noyée en sa robe blanche, et elle se mit à pleurer. Elle pleura doucement d'abord : les larmes lentes sortaient de ses paupières, puis, avec ses souvenirs, son émotion grandit, et, le cou gonflé, la poitrine battante, elle sanglota. Elle avait tiré son mouchoir, s'essuyait les yeux, se tamponnait le nez et la bouche pour ne point crier : ce fut en vain ; une espèce de râle sortit de sa gorge, et deux autres soupirs profonds, déchirants, lui répondirent ; car ses deux voisines, abattues près d'elle, Louise et Flora, étreintes des mêmes souvenances lointaines, gémissaient aussi avec des torrents de larmes.

Mais comme les larmes sont contagieuses, Madame, à son tour, sentit bientôt ses paupières humides, et, se tournant vers sa belle-sœur, elle vit que tout son banc pleurait aussi.

Le prêtre engendrait le corps de Dieu. Les enfants n'avaient plus de pensée, jetés sur les dalles par une espèce de peur dévote ; et, dans l'église, de place en place, une femme, une mère, une sœur, saisie par l'étrange sympathie des émotions poignantes, bouleversée aussi par ces belles dames à genoux que secouaient des frissons et des hoquets, trempait son mouchoir d'indienne à carreaux et, de la main gauche, pressait violemment son cœur bondissant.

Comme la flammèche qui jette le feu à travers un champ mûr, les larmes de Rosa et de ses compagnes gagnèrent en un instant toute la foule. Hommes, femmes, vieillards, jeunes gars en blouse neuve, tous bientôt sanglotèrent, et sur leur tête semblait planer quelque chose de surhumain, une âme épandue, le souffle prodigieux d'un être invisible et tout-puissant.

Alors, dans le chœur de l'église, un petit coup sec retentit : la bonne sœur, en frappant sur son livre, donnait le signal de la communion ; et les enfants, grelottant d'une fièvre divine, s'approchèrent de la table sainte.

Toute une file s'agenouillait. Le vieux curé, tenant en main le ciboire d'argent doré, passait devant eux, leur offrant, entre deux doigts, l'hostie sacrée, le corps du Christ, la rédemption du monde. Ils ouvraient la bouche avec des spasmes, des grimaces nerveuses, les yeux fermés, la face toute pâle ; et la longue nappe étendue sous leurs mentons frémissait comme de l'eau qui coule.

Soudain dans l'église une sorte de folie courut, une rumeur de foule en délire, une tempête de sanglots avec des cris étouffés. Cela passa comme ces coups de vent qui courbent les forêts ; et le prêtre restait debout, immobile, une hostie à la main, paralysé par l'émotion, se disant : « C'est Dieu, c'est Dieu qui est parmi nous, qui manifeste sa présence, qui descend à ma voix sur son peuple agenouillé. » Et il balbutiait des prières affolées, sans trouver les mots, des prières de l'âme, dans un élan furieux vers le ciel.

Il acheva de donner la communion avec une telle surexcitation de foi que ses jambes défaillaient sous lui, et quand lui-même eut bu le sang de son Seigneur, il s'abîma dans un acte de remerciement éperdu.

Derrière lui le peuple peu à peu se calmait. Les chantres, relevés dans la dignité du surplis blanc, repartaient d'une voix moins sûre, encore mouillée; et le serpent aussi semblait enroué comme si l'instrument lui-même eût pleuré.

Alors, le prêtre, levant les mains, leur fit signe de se taire, et passant entre les deux haies de communiants perdus en des extases de bonheur, il s'approcha jusqu'à la grille du chœur.

L'assemblée s'était assise au milieu d'un bruit de chaises, et tout le monde à présent se mouchait avec force. Dès qu'on aperçut le curé, on fit silence, et il commença à parler d'un ton très bas, hésitant, voilé: «Mes chers frères, mes chères sœurs, je vous remercie du fond du cœur; vous venez de me donner la plus grande joie de ma vie. J'ai senti Dieu qui descendait sur nous à mon appel. Il est venu, il était là, présent, qui emplissait vos âmes, faisait déborder vos yeux. Je suis le plus vieux prêtre du diocèse, j'en suis aussi, aujourd'hui, le plus heureux. Un miracle s'est fait parmi nous, un vrai, un grand, un sublime miracle. Pendant que Jésus-Christ pénétrait pour la première fois dans le corps de ces petits, le Saint-Esprit, l'oiseau céleste, le souffle de Dieu, s'est abattu sur vous, s'est emparé de vous, vous a saisis, courbés comme des roseaux sous la brise. »

Puis, d'une voix plus claire, se tournant vers les deux bancs où se trouvaient les invités du menuisier: «Merci surtout à vous, mes chères sœurs, qui êtes venues de si loin, et dont la présence parmi nous, dont la foi visible, dont la piété si vive ont été pour tous un salutaire exemple. vous êtes l'édification de ma paroisse; votre émotion a échauffé les cœurs; sans vous, peut-être, ce grand jour n'aurait pas eu ce caractère vraiment divin. Il suffit parfois d'une seule brebis d'élite pour décider le Seigneur à descendre sur le troupeau. »

La voix lui manquait. Il ajouta : « C'est la grâce que je vous souhaite. Ainsi soit-il. » Et il remonta vers l'autel pour terminer l'office.

Maintenant on avait hâte de partir. Les enfants eux-mêmes s'agitaient, las d'une si longue tension d'esprit. Ils avaient faim, d'ailleurs, et les parents peu à peu s'en allaient, sans attendre le dernier évangile, pour terminer les apprêts du repas.

Ce fut une cohue à la sortie, une cohue bruyante, un charivari de voix criardes où chantait l'accent normand. La population formait deux haies, et lorsque parurent les enfants, chaque famille se précipita sur le sien.

Constance se trouva saisie, entourée, embrassée par toute la maisonnée de femmes. Rosa surtout ne se lassait pas de l'étreindre. Enfin elle lui prit une main, M^{me} Tellier s'empara de l'autre ; Raphaële et Fernande relevèrent sa longue jupe de mousseline pour qu'elle ne traînât point dans la poussière ; Louise et Flora fermaient la marche avec M^{me} Rivet ; et l'enfant, recueillie, toute pénétrée par le Dieu qu'elle portait en elle, se mit en route au milieu de cette escorte d'honneur.

Le festin était servi dans l'atelier sur de longues planches portées par des traverses.

La porte ouverte, donnant sur la rue, laissait entrer toute la joie du village. On se régalait partout. Par chaque fenêtre on apercevait des tablées de monde endimanché, et des cris sortaient des maisons en goguette. Les paysans, en bras de chemise, buvaient du cidre pur à plein verre, et au milieu de chaque compagnie on apercevait deux enfants, ici deux filles, là deux garçons, dînant dans l'une des deux familles.

Quelquefois, sous la lourde chaleur de midi, un char à bancs traversait le pays au trot sautillant d'un vieux bidet, et l'homme en blouse qui conduisait jetait un regard d'envie sur toute cette ripaille étalée.

Dans la demeure du menuisier, la gaieté gardait un certain air de réserve, un reste de l'émotion du matin. Rivet seul

était en train et buvait outre mesure. M^me Tellier regardait
l'heure à tout moment, car pour ne point chômer deux jours
de suite on devait reprendre le train de 3 h 55 qui les mettait
à Fécamp vers le soir.

Le menuisier faisait tous ses efforts pour détourner
l'attention et garder son monde jusqu'au lendemain; mais
Madame ne se laissait point distraire; et elle ne plaisantait
jamais quand il s'agissait des affaires.

Aussitôt que le café fut pris, elle ordonna à ses pension-
naires de se préparer bien vite; puis, se tournant vers son
frère: «Toi, tu vas atteler tout de suite»; et elle-même alla
terminer ses derniers préparatifs.

Quand elle redescendit, sa belle-sœur l'attendait pour lui
parler de la petite; et une longue conversation eut lieu où
rien ne fut résolu. La paysanne finassait, faussement attendrie,
et M^me Tellier, qui tenait l'enfant sur ses genoux, ne s'engageait
à rien, promettait vaguement: on s'occuperait d'elle, on avait
du temps, on se reverrait d'ailleurs.

Cependant la voiture n'arrivait point, et les femmes ne
descendaient pas. On entendait même en haut de grands rires,
des bousculades, des poussées de cris, des battements de
mains. Alors, tandis que l'épouse du menuisier se rendait à
l'écurie pour voir si l'équipage était prêt, Madame, à la fin,
monta.

Rivet, très pochard et à moitié dévêtu, essayait, mais en
vain, de violenter Rosa qui défaillait de rire. Les deux Pompes
le retenaient par les bras, et tentaient de le calmer, choquées
de cette scène après la cérémonie du matin; mais Raphaële et
Fernande l'excitaient, tordues de gaieté, se tenant les côtes; et
elles jetaient des cris aigus à chacun des efforts inutiles de
l'ivrogne. L'homme furieux, la face rouge, tout débraillé,
secouant en des efforts violents les deux femmes crampon-
nées à lui, tirait de toutes ses forces sur la jupe de Rosa en
bredouillant: «Salope, tu ne veux pas?» Mais Madame,

indignée, s'élança, saisit son frère par les épaules, et le jeta dehors si violemment qu'il alla frapper contre le mur.

Une minute plus tard, on l'entendait dans la cour qui se pompait de l'eau sur la tête ; et quand il repartit dans sa carriole, il était déjà tout apaisé.

On se remit en route comme la veille, et le petit cheval blanc repartit de son allure vive et dansante.

Sous le soleil ardent, la joie assoupie pendant le repas se dégageait. Les filles s'amusaient maintenant des cahots de la guimbarde, poussaient même les chaises des voisines, éclataient de rire à tout instant, mises en train d'ailleurs par les vaines tentatives de Rivet.

Une lumière folle emplissait les champs, une lumière miroitant aux yeux ; et les roues soulevaient deux sillons de poussière qui voltigeaient longtemps derrière la voiture sur la grand'route.

Tout à coup Fernande, qui aimait la musique, supplia Rosa de chanter ; et celle-ci entama gaillardement le *Gros Curé de Meudon*. Mais Madame tout de suite la fit taire, trouvant cette chanson peu convenable en ce jour. Elle ajouta : «Chante-nous plutôt quelque chose de Béranger[1].» Alors Rosa, après avoir hésité quelques secondes, fixa son choix, et de sa voix usée commença la *Grand-Mère* :

> *Ma grand-mère, un soir à sa fête,*
> *De vin pur ayant bu deux doigts,*
> *Nous disait, en branlant la tête :*
> *Que d'amoureux j'eus autrefois !*
> > *Combien je regrette*
> > *Mon bras si dodu,*
> > *Ma jambe bien faite,*
> > *Et le temps perdu !*

1. Poète et chansonnier populaire à l'époque de Maupassant.

Et le chœur des filles, que Madame elle-même conduisait, reprit :

> *Combien je regrette*
> *Mon bras si dodu,*
> *Ma jambe bien faite,*
> *Et le temps perdu !*

« Ça, c'est tapé ! » déclara Rivet, allumé par la cadence ; et Rosa aussitôt continua :

> *Quoi, matin, vous n'étiez pas sage ?*
> *— Non, vraiment ! et de miens appas,*
> *Seule, à quinze ans, j'appris l'usage,*
> *Car, la nuit, je ne dormais pas.*

Tous ensemble hurlèrent le refrain ; et Rivet tapait du pied sur son brancard, battait la mesure avec les rênes sur le dos du bidet blanc qui, comme s'il eût été lui-même enlevé par l'entrain du rythme, prit le galop, un galop de tempête, précipitant ces dames en tas les unes sur les autres dans le fond de la voiture.

Elles se relevèrent en riant comme des folles. Et la chanson continua, braillée à tue-tête à travers la campagne, sous le ciel brûlant, au milieu des récoltes mûrissantes, au train enragé du petit cheval qui s'emballait maintenant à tous les retours du refrain, et piquait chaque fois ses cent mètres de galop, à la grande joie des voyageurs.

De place en place, quelque casseur de cailloux se redressait, et regardait à travers son loup[1] de fil de fer cette carriole enragée et hurlante emportée dans la poussière.

Quand on descendit devant la gare, le menuisier s'attendrit : « C'est dommage que vous partiez, on aurait bien rigolé. »

1. Masque de protection couvrant partiellement le visage.

Madame lui répondit sensément : « Toute chose a son temps, on ne peut pas s'amuser toujours. » Alors une idée illumina l'esprit de Rivet : « Tiens, dit-il, j'irai vous voir à Fécamp le mois prochain. » Et il regarda Rosa d'un air rusé, avec un oeil brillant et polisson. « Allons, conclut Madame, il faut être sage ; tu viendras si tu veux, mais tu ne feras point de bêtises. »

Il ne répondit pas, et comme on entendait siffler le train, il se mit immédiatement à embrasser tout le monde. Quand ce fut au tour de Rosa, il s'acharna à trouver sa bouche que celle-ci, riant derrière ses lèvres fermées, lui dérobait chaque fois par un rapide mouvement de côté. Il la tenait en ses bras, mais il n'en pouvait venir à bout, gêné par son grand fouet qu'il avait gardé à sa main et que, dans ses efforts, il agitait désespérément derrière le dos de la fille.

« Les voyageurs pour Rouen, en voiture ! » cria l'employé. Elles montèrent.

Un mince coup de sifflet partit, répété tout de suite par le sifflement puissant de la machine qui cracha bruyamment son premier jet de vapeur pendant que les roues commençaient à tourner un peu avec un effort visible.

Rivet, quittant l'intérieur de la gare, courut à la barrière pour voir encore une fois Rosa ; et comme le wagon plein de cette marchandise humaine passait devant lui, il se mit à faire claquer son fouet en sautant et chantant de toutes ses forces :

> *Combien je regrette*
> *Mon bras si dodu,*
> *Ma jambe bien faite,*
> *Et le temps perdu !*

Puis il regarda s'éloigner un mouchoir blanc qu'on agitait.

III

Elles dormirent jusqu'à l'arrivée, du sommeil paisible des consciences satisfaites ; et quand elles rentrèrent au logis, rafraîchies, reposées pour la besogne de chaque soir, Madame ne put s'empêcher de dire : « C'est égal, il m'ennuyait déjà de la maison. »

On soupa vite, puis, quand on eut repris le costume de combat, on attendit les clients habituels ; et la petite lanterne allumée, la petite lanterne de madone, indiquait aux passants que dans la bergerie le troupeau était revenu.

En un clin d'œil la nouvelle se répandit, on ne sait comment, on ne sait par qui. M. Philippe, le fils du banquier, poussa même la complaisance jusqu'à prévenir par un exprès M. Tournevau emprisonné, dans sa famille.

Le saleur avait justement chaque dimanche plusieurs cousins à dîner, et l'on prenait le café quand un homme se présenta avec une lettre à la main. M. Tournevau, très ému, rompit l'enveloppe et devint pâle : il n'y avait que ces mots tracés au crayon : « Chargement de morues retrouvé ; navire entré au port ; bonne affaire pour vous. Venez vite. »

Il fouilla dans ses poches, donna vingt centimes au porteur, et rougissant soudain jusqu'aux oreilles : « Il faut, dit-il, que je sorte. » Et il tendit à sa femme le billet laconique et mystérieux. Il sonna, puis, lorsque parut la bonne : « Mon pardessus vite, vite, et mon chapeau. » À peine dans la rue, il se mit à courir en sifflant un air, et le chemin lui parut deux fois plus long tant son impatience était vive.

L'établissement Tellier avait un air de fête. Au rez-de-chaussée les voix tapageuses des hommes du port faisaient un assourdissant vacarme. Louise et Flora ne savaient à qui répondre, buvaient avec l'un, buvaient avec l'autre, méritaient mieux que jamais leur sobriquet des « deux Pompes ». On les

appelait partout à la fois ; elles ne pouvaient déjà suffire à la besogne, et la nuit pour elles s'annonçait laborieuse.

Le cénacle du premier fut au complet dès neuf heures. M. Vasse, le juge au tribunal de commerce, le soupirant attitré mais platonique de Madame, causait tout bas avec elle dans un coin ; et ils souriaient tous les deux comme si une entente était près de se faire. M. Poulin, l'ancien maire, tenait Rosa à cheval sur ses jambes ; et elle, nez à nez avec lui, promenait ses mains courtes dans les favoris blancs du bonhomme. Un bout de cuisse nue passait sous la jupe de soie jaune relevée, coupant le drap noir du pantalon, et les bas rouges étaient serrés par une jarretière bleue, cadeau du commis voyageur.

La grande Fernande, étendue sur le sopha, avait les deux pieds sur le ventre de M. Pimpesse, le percepteur, et le torse sur le gilet du jeune M. Philippe dont elle accrochait le cou de sa main droite, tandis que de la gauche, elle tenait une cigarette.

Raphaële semblait en pourparlers avec M. Dupuis, l'agent d'assurances, et elle termina l'entretien par ces mots : « Oui, mon chéri, ce soir, je veux bien. » Puis, faisant seule un tour de valse rapide à travers le salon : « Ce soir, tout ce qu'on voudra », cria-t-elle.

La porte s'ouvrit brusquement et M. Tournevau parut. Des cris d'enthousiasme éclatèrent : « Vive Tournevau ! » Et Raphaële, qui pivotait toujours, alla tomber sur son cœur. Il la saisit d'un enlacement formidable, et sans dire un mot, l'enlevant de terre comme une plume, il traversa le salon, gagna la porte du fond, et disparut dans l'escalier des chambres avec son fardeau vivant, au milieu des applaudissements.

Rosa, qui allumait l'ancien maire, l'embrassant coup sur coup et tirant sur ses deux favoris en même temps pour maintenir droite sa tête, profita de l'exemple : « Allons, fais comme lui », dit-elle. Alors le bonhomme se leva, et rajustant son gilet, suivit la fille en fouillant dans la poche où dormait son argent.

Fernande et Madame restèrent seules avec les quatre hommes, et M. Philippe s'écria: «Je paie du champagne: Madame Tellier, envoyez chercher trois bouteilles.» Alors Fernande l'étreignant lui demanda dans l'oreille: «Fais-nous danser, dis, tu veux?» Il se leva, et, s'asseyant devant l'épinette séculaire endormie en un coin, fit sortir une valse, une valse enrouée, larmoyante, du ventre geignant de la machine. La grande fille enlaça le percepteur, Madame s'abandonna aux bras de M. Vasse; et les deux couples tournèrent en échangeant des baisers. M. Vasse, qui avait jadis dansé dans le monde, faisait des grâces, et Madame le regardait d'un oeil captivé, de cet oeil qui répond «oui», un «oui» plus discret et plus délicieux qu'une parole!

Frédéric apporta le champagne. Le premier bouchon partit, et M. Philippe exécuta l'invitation d'un quadrille.

Les quatre danseurs le marchèrent à la façon mondaine, convenablement, dignement, avec des manières, des inclinations et des saluts.

Après quoi l'on se mit à boire. Alors M. Tournevau reparut, satisfait, soulagé, radieux. Il s'écria: «Je ne sais pas ce qu'a Raphaële, mais elle est parfaite ce soir.» Puis, comme on lui tendait un verre, il le vida d'un trait en murmurant: «Bigre, rien que ça de luxe!»

Sur-le-champ M. Philippe entama une polka vive, et M. Tournevau s'élança avec la belle Juive qu'il tenait en l'air, sans laisser ses pieds toucher terre. M. Pimpesse et M. Vasse étaient repartis d'un nouvel élan. De temps en temps un des couples s'arrêtait près de la cheminée pour lamper une flûte de vin mousseux; et cette danse menaçait de s'éterniser, quand Rosa entrouvrit la porte avec un bougeoir à la main. Elle était en cheveux, en savates, en chemise, tout animée, toute rouge: «Je veux danser», cria-t-elle. Raphaële demanda: «Et ton vieux?» Rosa s'esclaffa: «Lui? il dort déjà, il dort tout de suite.» Elle saisit M. Dupuis, resté sans emploi sur le divan, et la polka recommença.

Mais les bouteilles étaient vides : « J'en paie une », déclara M. Toumevau. « Moi aussi », annonça M. Vasse. « Moi de même », conclut M. Dupuis. Alors tout le monde applaudit.

Cela s'organisait, devenait un vrai bal. De temps en temps même, Louise et Flora montaient bien vite, faisaient rapidement un tour de valse, pendant que leurs clients, en bas, s'impatientaient ; puis elles retournaient en courant à leur café, avec le cœur gonflé de regrets.

A minuit, on dansait encore. Parfois une des filles disparaissait, et quand on la cherchait pour faire un vis-à-vis, on s'apercevait tout à coup qu'un des hommes aussi manquait.

« D'où venez-vous donc ? » demanda plaisamment M. Philippe, juste au moment où M. Pimpesse rentrait avec Fernande. « De voir dormir M. Poulin », répondit le percepteur. Le mot eut un succès énorme ; et tous, à tour de rôle, montaient voir dormir M. Poulin avec l'une ou l'autre des demoiselles, qui se montrèrent cette nuit-là d'une complaisance inconcevable. Madame fermait les yeux ; et elle avait dans les coins de longs apartés avec M. Vasse comme pour régler les derniers détails d'une affaire entendue déjà.

Enfin, à une heure, les deux hommes mariés, M. Tournevau et M. Pimpesse, déclarèrent qu'ils se retiraient, et voulurent régler leur compte. On ne compta que le champagne, et, encore, à six francs la bouteille au lieu de dix francs, prix ordinaire. Et comme ils s'étonnaient de cette générosité, Madame, radieuse, leur répondit :

« Ça n'est pas tous les jours fête. »

BOULE DE SUIF

Pendant plusieurs jours de suite des lambeaux d'armée en déroute avaient traversé la ville. Ce n'était point de la troupe, mais des hordes débandées. Les hommes avaient la barbe longue et sale, des uniformes en guenilles, et ils avançaient d'une allure molle, sans drapeau, sans régiment. Tous semblaient accablés, éreintés, incapables d'une pensée ou d'une résolution, marchant seulement par habitude, et tombant de fatigue sitôt qu'ils s'arrêtaient. On voyait surtout des mobilisés, gens pacifiques, rentiers tranquilles, pliant sous le poids du fusil; des petits moblots[1] alertes, faciles à l'épouvante et prompts à l'enthousiasme, prêts à l'attaque comme à la fuite; puis, au milieu d'eux, quelques culottes rouges[2], débris d'une division moulue dans une grande bataille; des artilleurs sombres[3] alignés avec ces fantassins divers; et, parfois, le casque brillant d'un dragon au pied pesant qui suivait avec peine la marche plus légère des lignards[4].

Des légions de francs-tireurs aux appellations héroïques – «les Vengeurs de la défaite, les Citoyens de la tombe, les Partageurs de la mort» – passaient à leur tour, avec des airs de bandits.

Leurs chefs, anciens commerçants en drap ou en graines, ex-marchands de suif ou de savon, guerriers de circonstance, nommés officiers pour leurs écus ou la longueur de leurs moustaches, couverts d'armes, de flanelle et de galons, parlaient d'une voix retentissante, discutaient plans de campagne, et prétendaient soutenir seuls la France agonisante sur leurs épaules de fanfarons; mais ils redoutaient parfois leurs propres soldats, gens de sac et de corde[5], souvent braves à outrance, pillards et débauchés.

1. Argot. Soldats de la Garde nationale mobile, unité distincte de l'armée régulière.
2. Les soldats d'infanterie portaient des pantalons rouges.
3. Responsables de l'équipement, leur uniforme était gris.
4. Familier. Désigne les fantassins qui combattent en ligne.
5. Voués à être enfermés dans un sac ou pendus au bout d'une corde. Il s'agit donc de bandits.

Les Prussiens allaient entrer dans Rouen, disait-on.

La Garde nationale qui, depuis deux mois, faisait des reconnaissances très prudentes dans les bois voisins, fusillant parfois ses propres sentinelles, et se préparant au combat quand un petit lapin remuait sous des broussailles, était rentrée dans ses foyers. Ses armes, ses uniformes, tout son attirail meurtrier, dont elle épouvantait naguère les bornes des routes nationales à trois lieues à la ronde, avaient subitement disparu.

Les derniers soldats français venaient enfin de traverser la Seine pour gagner Pont-Audemer par Saint-Sever et Bourg-Achard; et, marchant après tous, le général, désespéré, ne pouvant rien tenter avec ces loques disparates, éperdu lui-même dans la grande débâcle d'un peuple habitué à vaincre et désastreusement battu malgré sa bravoure légendaire, s'en allait à pied, entre deux officiers d'ordonnance.

Puis un calme profond, une attente épouvantée et silencieuse avaient plané sur la cité. Beaucoup de bourgeois bedonnants, émasculés par le commerce, attendaient anxieusement les vainqueurs, tremblant qu'on ne considérât comme une arme leurs broches à rôtir ou leurs grands couteaux de cuisine.

La vie semblait arrêtée; les boutiques étaient closes, la rue muette. Quelquefois un habitant, intimidé par ce silence, filait rapidement le long des murs.

L'angoisse de l'attente faisait désirer la venue de l'ennemi.

Dans l'après-midi du jour qui suivit le départ des troupes françaises, quelques uhlans[1], sortis on ne sait d'où, traversèrent la ville avec célérité. Puis, un peu plus tard, une masse noire descendit de la côte Sainte-Catherine, tandis que deux autres flots envahisseurs apparaissaient par les routes de Darnetal et de Boisguillaume. Les avant-gardes des trois

1. Mot allemand d'origine polonaise désignant les soldats prussiens.

corps, juste au même moment, se joignirent sur la place de l'Hôtel-de-Ville; et, par toutes les rues voisines, l'armée allemande arrivait, déroulant ses bataillons qui faisaient sonner les pavés sous leur pas dur et rythmé.

Des commandements criés d'une voix inconnue et gutturale montaient le long des maisons qui semblaient mortes et désertes, tandis que, derrière les volets fermés, des yeux guettaient ces hommes victorieux, maîtres de la cité, des fortunes et des vies, de par le «droit de guerre». Les habitants, dans leurs chambres assombries, avaient l'affolement que donnent les cataclysmes, les grands bouleversements meurtriers de la terre, contre lesquels toute sagesse et toute force sont inutiles. Car la même sensation reparaît chaque fois que l'ordre établi des choses est renversé, que la sécurité n'existe plus, que tout ce que protégeaient les lois des hommes ou celles de la nature, se trouve à la merci d'une brutalité inconsciente et féroce. Le tremblement de terre écrasant sous des maisons croulantes un peuple entier; le fleuve débordé qui roule les paysans noyés avec les cadavres des bœufs et les poutres arrachées aux toits, ou l'armée glorieuse massacrant ceux qui se défendent, emmenant les autres prisonniers, pillant au nom du Sabre et remerciant un Dieu au son du canon, sont autant de fléaux effrayants qui déconcertent toute croyance à la justice éternelle, toute la confiance qu'on nous enseigne en la protection du ciel et en la raison de l'homme.

Mais à chaque porte des petits détachements frappaient, puis disparaissaient dans les maisons. C'était l'occupation après l'invasion. Le devoir commençait pour les vaincus de se montrer gracieux envers les vainqueurs.

Au bout de quelque temps, une fois la première terreur disparue, un calme nouveau s'établit. Dans beaucoup de familles, l'officier prussien mangeait à table. Il était parfois bien élevé, et, par politesse, plaignait la France, disait sa répugnance en prenant part à cette guerre. On lui était reconnaissant de ce sentiment; puis on pouvait, un jour ou l'autre,

avoir besoin de sa protection. En le ménageant on obtiendrait peut-être quelques hommes de moins à nourrir. Et pourquoi blesser quelqu'un dont on dépendait tout à fait? Agir ainsi serait moins de la bravoure que de la témérité. – Et la témérité n'est plus un défaut des bourgeois de Rouen, comme au temps des défenses héroïques où s'illustra leur cité. – On se disait enfin, raison suprême tirée de l'urbanité française, qu'il demeurait bien permis d'être poli dans son intérieur pourvu qu'on ne se montrât pas familier, en public, avec le soldat étranger. Au-dehors on ne se connaissait plus, mais dans la maison on causait volontiers, et l'Allemand demeurait plus longtemps, chaque soir, à se chauffer au foyer commun.

La ville même reprenait peu à peu de son aspect ordinaire. Les Français ne sortaient guère encore, mais les soldats prussiens grouillaient dans les rues. Du reste, les officiers de hussards bleus[1], qui traînaient avec arrogance leurs grands outils de mort sur le pavé, ne semblaient pas avoir pour les simples citoyens énormément plus de mépris que les officiers de chasseurs[2], qui, l'année d'avant, buvaient aux mêmes cafés.

Il y avait cependant quelque chose dans l'air, quelque chose de subtil et d'inconnu, une atmosphère étrangère intolérable, comme une odeur répandue, l'odeur de l'invasion. Elle emplissait les demeures et les places publiques, changeait le goût des aliments, donnait l'impression d'être en voyage, très loin, chez des tribus barbares et dangereuses.

Les vainqueurs exigeaient de l'argent, beaucoup d'argent. Les habitants payaient toujours; ils étaient riches d'ailleurs. Mais plus un négociant normand devient opulent et plus il souffre de tout sacrifice, de toute parcelle de sa fortune qu'il voit passer aux mains d'un autre.

Cependant, à deux ou trois lieues sous la ville, en suivant le cours de la rivière, vers Croisset, Dieppedalle ou Biessart, les

1. Désigne les soldats de la cavalerie prussienne.
2. Officiers, de cavalerie ou d'infanterie, français.

mariniers et les pêcheurs ramenaient souvent du fond de l'eau quelque cadavre d'Allemand gonflé dans son uniforme, tué d'un coup de couteau ou de savate, la tête écrasée par une pierre, ou jeté à l'eau d'une poussée du haut d'un pont. Les vases du fleuve ensevelissaient ces vengeances obscures, sauvages et légitimes, héroïsmes inconnus, attaques muettes, plus périlleuses que les batailles au grand jour et sans le retentissement de la gloire.

Car la haine de l'étranger arme toujours quelques intrépides prêts à mourir pour une Idée.

Enfin, comme les envahisseurs, bien qu'assujettissant la ville à leur inflexible discipline, n'avaient accompli aucune des horreurs que la renommée leur faisait commettre tout le long de leur marche triomphale, on s'enhardit, et le besoin du négoce travailla de nouveau le cœur des commerçants du pays. Quelques-uns avaient de gros intérêts engagés au Havre que l'armée française occupait, et ils voulurent tenter de gagner ce port en allant par terre à Dieppe où ils s'embarqueraient.

On employa l'influence des officiers allemands dont on avait fait la connaissance, et une autorisation de départ fut obtenue du général en chef.

Donc, une grande diligence à quatre chevaux ayant été retenue pour ce voyage, et dix personnes s'étant fait inscrire chez le voiturier, on résolut de partir un mardi matin, avant le jour, pour éviter tout rassemblement.

Depuis quelque temps déjà la gelée avait durci la terre, et le lundi, vers trois heures, de gros nuages noirs venant du nord apportèrent la neige qui tomba sans interruption pendant toute la soirée et toute la nuit.

À quatre heures et demie du matin, les voyageurs se réunirent dans la cour de l'hôtel de Normandie, où l'on devait monter en voiture.

Ils étaient encore pleins de sommeil, et grelottaient de froid sous leurs couvertures. On se voyait mal dans l'obscu-

rité; et l'entassement des lourds vêtements d'hiver faisait ressembler tous ces corps à des curés obèses avec leurs longues soutanes. Mais deux hommes se reconnurent, un troisième les aborda, ils causèrent: « J'emmène ma femme, dit l'un. — J'en fais autant. — Et moi aussi. » Le premier ajouta: « Nous ne reviendrons pas à Rouen, et si les Prussiens approchent du Havre nous gagnerons l'Angleterre. » Tous avaient les mêmes projets, étant de complexion semblable.

Cependant on n'attelait pas la voiture. Une petite lanterne, que portait un valet d'écurie, sortait de temps à autre d'une porte obscure pour disparaître immédiatement dans une autre. Des pieds de chevaux frappaient la terre, amortis par le fumier des litières, et une voix d'homme parlant aux bêtes et jurant s'entendait au fond du bâtiment. Un léger murmure de grelots annonça qu'on maniait les harnais; ce murmure devint bientôt un frémissement clair et continu rythmé par le mouvement de l'animal, s'arrêtant parfois, puis reprenant dans une brusque secousse qu'accompagnait le bruit mat d'un sabot ferré battant le sol.

La porte subitement se ferma. Tout bruit cessa. Les bourgeois, gelés, s'étaient tus: ils demeuraient immobiles et roidis.

Un rideau de flocons blancs ininterrompu miroitait sans cesse en descendant vers la terre; il effaçait les formes, poudrait les choses d'une mousse de glace; et l'on n'entendait plus, dans le grand silence de la ville calme et ensevelie sous l'hiver, que ce froissement vague, innommable et flottant de la neige qui tombe, plutôt sensation que bruit, entremêlement d'atomes légers qui semblaient emplir l'espace, couvrir le monde.

L'homme reparut, avec sa lanterne, tirant au bout d'une corde un cheval triste qui ne venait pas volontiers. Il le plaça contre le timon, attacha les traits, tourna longtemps autour pour assurer les harnais, car il ne pouvait se servir que d'une main, l'autre portant sa lumière. Comme il allait chercher la seconde bête, il remarqua tous ces voyageurs immobiles, déjà

blancs de neige, et leur dit : « Pourquoi ne montez-vous pas dans la voiture ? Vous serez à l'abri, au moins. »

Ils n'y avaient pas songé, sans doute, et ils se précipitèrent. Les trois hommes installèrent leurs femmes dans le fond, montèrent ensuite ; puis les autres formes indécises et voilées prirent à leur tour les dernières places sans échanger une parole.

Le plancher était couvert de paille où les pieds s'enfoncèrent. Les dames du fond, ayant apporté des petites chaufferettes en cuivre avec un charbon chimique, allumèrent ces appareils, et, pendant quelque temps, à voix basse, elles en énumérèrent les avantages, se répétant des choses qu'elles savaient déjà depuis longtemps.

Enfin, la diligence étant attelée, avec six chevaux au lieu de quatre à cause du tirage plus pénible, une voix du dehors demanda : « Tout le monde est-il monté ? » Une voix du dedans répondit : « Oui. » On partit.

La voiture avançait lentement, lentement, à tout petits pas. Les roues s'enfonçaient dans la neige ; le coffre entier geignait avec des craquements sourds ; les bêtes glissaient, soufflaient, fumaient et le fouet gigantesque du cocher claquait sans repos, voltigeait de tous les côtés, se nouant et se déroulant comme un serpent mince, et cinglant brusquement quelque croupe rebondie qui se tendait alors sous un effort plus violent.

Mais le jour imperceptiblement grandissait. Ces flocons légers qu'un voyageur, Rouennais pur sang, avait comparés à une pluie de coton, ne tombaient plus. Une lueur sale filtrait à travers de gros nuages obscurs et lourds qui rendaient plus éclatante la blancheur de la campagne où apparaissaient tantôt une ligne de grands arbres vêtus de givre, tantôt une chaumière avec un capuchon de neige.

Dans la voiture, on se regardait curieusement, à la triste clarté de cette aurore.

Tout au fond, aux meilleures places, sommeillaient, en face l'un de l'autre, M. et M^me Loiseau, des marchands de vins en gros de la rue Grand-Pont.

Ancien commis d'un patron ruiné dans les affaires, Loiseau avait acheté le fonds et fait fortune. Il vendait à très bon marché de très mauvais vins aux petits débitants des campagnes et passait parmi ses connaissances et ses amis pour un fripon madré, un vrai Normand plein de ruses et de jovialité.

Sa réputation de filou était si bien établie, qu'un soir à la préfecture, M. Tournel, auteur de fables et de chansons, esprit mordant et fin, une gloire locale, ayant proposé aux dames qu'il voyait un peu somnolentes de faire une partie de «Loiseau vole», le mot lui-même vola à travers les salons du préfet, puis, gagnant ceux de la ville, avait fait rire pendant un mois toutes les mâchoires de la province.

Loiseau était en outre célèbre par ses farces de toute nature, ses plaisanteries bonnes ou mauvaises; et personne ne pouvait parler de lui sans ajouter immédiatement: «Il est impayable, ce Loiseau.»

De taille exiguë, il présentait un ventre en ballon surmonté d'une face rougeaude entre deux favoris grisonnants.

Sa femme, grande, forte, résolue, avec la voix haute et la décision rapide, était l'ordre et l'arithmétique de la maison de commerce, qu'il animait par son activité joyeuse.

À côté d'eux se tenait, plus digne, appartenant à une caste supérieure, M. Carré-Lamadon, homme considérable, posé dans les cotons, propriétaire de trois filatures, officier de la Légion d'honneur et membre du Conseil général. Il était resté, tout le temps de l'Empire, chef de l'opposition bienveillante, uniquement pour se faire payer plus cher son ralliement à la cause qu'il combattait avec des armes courtoises, selon sa propre expression. M^me Carré-Lamadon, beaucoup plus jeune que son mari, demeurait la consolation des officiers de bonne famille envoyés à Rouen en garnison.

Elle faisait vis-à-vis à son époux, toute mignonne, toute jolie, pelotonnée dans ses fourrures, et regardait d'un air navré l'intérieur lamentable de la voiture.

Ses voisins, le comte et la comtesse Hubert de Bréville, portaient un des noms les plus anciens et les plus nobles de la Normandie. Le comte, vieux gentilhomme de grande tournure, s'efforçait d'accentuer, par les artifices de sa toilette, sa ressemblance naturelle avec le roi Henri IV, qui, suivant une légende glorieuse pour la famille, avait rendu grosse une dame de Bréville, dont le mari, pour ce fait, était devenu comte et gouverneur de province.

Collègue de M. Carré-Lamadon au Conseil général, le comte Hubert représentait le parti orléaniste dans le département. L'histoire de son mariage avec la fille d'un petit armateur de Nantes était toujours demeurée mystérieuse. Mais comme la comtesse avait grand air, recevait mieux que personne, passait même pour avoir été aimée par un des fils de Louis-Philippe[1], toute la noblesse lui faisait fête, et son salon demeurait le premier du pays, le seul où se conservât la vieille galanterie, et dont l'entrée fût difficile.

La fortune des Bréville, toute en biens-fonds, atteignait, disait-on, cinq cent mille livres de revenu.

Ces six personnes formaient le fond de la voiture, le côté de la société rentée, sereine et forte, des honnêtes gens autorisés qui ont de la religion et des principes.

Par un hasard étrange, toutes les femmes se trouvaient sur le même banc; et la comtesse avait encore pour voisines deux bonnes sœurs qui égrenaient de longs chapelets en marmottant des Pater et des Ave. L'une était vieille avec une face défoncée par la petite vérole comme si elle eût reçu à bout portant une bordée de mitraille en pleine figure. L'autre, très

1. Louis-Philippe d'Orléans, roi de France pendant la monarchie de Juillet, de
 1830 à 1848.

chétive, avait une tête jolie et maladive sur une poitrine de phtisique rongée par cette foi dévorante qui fait les martyrs et les illuminés.

En face des deux religieuses, un homme et une femme attiraient les regards de tous.

L'homme, bien connu, était Cornudet, le démoc[1], la terreur des gens respectables. Depuis vingt ans, il trempait sa barbe rousse dans les bocks de tous les cafés démocratiques. Il avait mangé avec les frères et amis une assez belle fortune qu'il tenait de son père, ancien confiseur, et il attendait impatiemment la République pour obtenir enfin la place méritée par tant de consommations révolutionnaires. Au quatre septembre[2], par suite d'une farce peut-être, il s'était cru nommé préfet ; mais quand il voulut entrer en fonctions, les garçons de bureau, demeurés seuls maîtres de la place, refusèrent de le reconnaître, ce qui le contraignit à la retraite. Fort bon garçon du reste, inoffensif et serviable, il s'était occupé avec une ardeur incomparable d'organiser la défense. Il avait fait creuser des trous dans les plaines, coucher tous les jeunes arbres des forêts voisines, semé des pièges sur toutes les routes, et, à l'approche de l'ennemi, satisfait de ses préparatifs, il s'était vivement replié vers la ville. Il pensait maintenant se rendre plus utile au Havre, où de nouveaux retranchements allaient être nécessaires.

La femme, une de celles appelées galantes, était célèbre par son embonpoint précoce qui lui avait valu le surnom de Boule de suif. Petite, ronde de partout, grasse à lard, avec des doigts bouffis, étranglés aux phalanges, pareils à des chapelets de courtes saucisses, avec une peau luisante et tendue, une gorge énorme qui saillait sous sa robe, elle restait cependant

1. Abréviation de démocrate, idéologie politique mal vue des monarchistes.
2. Le 4 septembre 1870, après la capitulation de la France, une journée révolutionnaire mit fin au Second Empire et vit la proclamation de la Troisième République.

appétissante et courue, tant sa fraîcheur faisait plaisir à voir. Sa figure était une pomme rouge, un bouton de pivoine prêt à fleurir; et là-dedans s'ouvraient, en haut, deux yeux noirs magnifiques, ombragés de grands cils épais qui mettaient une ombre dedans; en bas, une bouche charmante, étroite, humide pour le baiser, meublée de quenottes luisantes et microscopiques.

Elle était de plus, disait-on, pleine de qualités inappréciables.

Aussitôt qu'elle fut reconnue, des chuchotements coururent parmi les femmes honnêtes, et les mots de « prostituée », de « honte publique » furent chuchotés si haut qu'elle leva la tête. Alors elle promena sur ses voisins un regard tellement provocant et hardi qu'un grand silence aussitôt régna, et tout le monde baissa les yeux à l'exception de Loiseau, qui la guettait d'un air émoustillé.

Mais bientôt la conversation reprit entre les trois dames, que la présence de cette fille avait rendues subitement amies, presque intimes. Elles devaient faire, leur semblait-il, comme un faisceau de leurs dignités d'épouses en face de cette vendue sans vergogne; car l'amour légal le prend toujours de haut avec son libre confrère.

Les trois hommes aussi, rapprochés par un instinct de conservateurs à l'aspect de Cornudet, parlaient argent d'un certain ton dédaigneux pour les pauvres. Le comte Hubert disait les dégâts que lui avaient fait subir les Prussiens, les pertes qui résulteraient du bétail volé et des récoltes perdues, avec une assurance de grand seigneur dix fois millionnaire que ces ravages gêneraient à peine une année. M. Carré-Lamadon, fort éprouvé dans l'industrie cotonnière, avait eu soin d'envoyer six cent mille francs en Angleterre, une poire pour la soif qu'il se ménageait à toute occasion. Quant à Loiseau, il s'était arrangé pour vendre à l'Intendance française tous les vins communs qui lui restaient en cave, de sorte que l'État lui devait une somme formidable qu'il comptait bien toucher au Havre.

Et tous les trois se jetaient des coups d'œil rapides et amicaux. Bien que de conditions différentes, ils se sentaient frères par l'argent, de la grande franc-maçonnerie de ceux qui possèdent, qui font sonner de l'or en mettant la main dans la poche de leur culotte.

La voiture allait si lentement qu'à dix heures du matin on n'avait pas fait quatre lieues. Les hommes descendirent trois fois pour monter des côtes à pied. On commençait à s'inquiéter, car on devait déjeuner à Tôtes et l'on désespérait maintenant d'y parvenir avant la nuit. Chacun guettait pour apercevoir un cabaret sur la route, quand la diligence sombra dans un amoncellement de neige, et il fallut deux heures pour la dégager.

L'appétit grandissait, troublait les esprits; et aucune gargote, aucun marchand de vin ne se montraient, l'approche des Prussiens et le passage des troupes françaises affamées ayant effrayé toutes les industries.

Les messieurs coururent aux provisions dans les fermes au bord du chemin, mais ils n'y trouvèrent pas même de pain, car le paysan, défiant, cachait ses réserves dans la crainte d'être pillé par les soldats qui, n'ayant rien à se mettre sous la dent, prenaient par force ce qu'ils découvraient.

Vers une heure de l'après-midi, Loiseau annonça que décidément il se sentait un rude creux dans l'estomac. Tout le monde souffrait comme lui depuis longtemps; et le violent besoin de manger, augmentant toujours, avait tué les conversations.

De temps en temps, quelqu'un bâillait; un autre presque aussitôt l'imitait; et chacun, à tour de rôle, suivant son caractère, son savoir-vivre et sa position sociale, ouvrait la bouche avec fracas ou modestement en portant vite sa main devant le trou béant d'où sortait une vapeur.

Boule de suif, à plusieurs reprises, se pencha comme si elle cherchait quelque chose sous ses jupons. Elle hésitait une

seconde, regardait ses voisins, puis se redressait tranquille-
ment. Les figures étaient pâles et crispées. Loiseau affirma
qu'il payerait mille francs un jambonneau. Sa femme fit un
geste comme pour protester ; puis elle se calma. Elle souffrait
toujours en entendant parler d'argent gaspillé, et ne compre-
nait même pas les plaisanteries sur ce sujet. « Le fait est que je
ne me sens pas bien, dit le comte ; comment n'ai-je pas songé
à apporter des provisions ? » Chacun se faisait le même
reproche.

Cependant, Cornudet avait une gourde pleine de rhum ;
il en offrit : on refusa froidement. Loiseau seul en accepta
deux gouttes, et, lorsqu'il rendit la gourde, il remercia : « C'est
bon tout de même, ça réchauffe, et ça trompe l'appétit. »
L'alcool le mit en belle humeur et il proposa de faire comme
sur le petit navire de la chanson : de manger le plus gras des
voyageurs. Cette allusion indirecte à Boule de suif choqua les
gens bien élevés. On ne répondit pas ; Cornudet seul eut un
sourire. Les deux bonnes sœurs avaient cessé de marmotter
leur rosaire, et, les mains enfoncées dans leurs grandes
manches, elles se tenaient immobiles, baissant obstinément
les yeux, offrant sans doute au ciel la souffrance qu'il leur
envoyait.

Enfin, à trois heures, comme on se trouvait au milieu
d'une plaine interminable, sans un seul village en vue, Boule
de suif, se baissant vivement, retira de sous la banquette un
large panier couvert d'une serviette blanche.

Elle en sortit d'abord une petite assiette de faïence, une
fine timbale en argent, puis une vaste terrine dans laquelle
deux poulets entiers, tout découpés, avaient confit sous leur
gelée ; et l'on apercevait encore dans le panier d'autres bonnes
choses enveloppées, des pâtés, des fruits, des friandises, les
provisions préparées pour un voyage de trois jours, afin de ne
point toucher à la cuisine des auberges. Quatre goulots de
bouteilles passaient entre les paquets de nourriture. Elle prit
une aile de poulet et, délicatement, se mit à la manger avec un
de ces petits pains qu'on appelle « Régence » en Normandie.

Tous les regards étaient tendus vers elle. Puis l'odeur se répandit, élargissant les narines, faisant venir aux bouches une salive abondante avec une contraction douloureuse de la mâchoire sous les oreilles. Le mépris des dames pour cette fille devenait féroce, comme une envie de la tuer ou de la jeter en bas de la voiture, dans la neige, elle, sa timbale, son panier et ses provisions.

Mais Loiseau dévorait des yeux la terrine de poulet. Il dit : « A la bonne heure, Madame a eu plus de précaution que nous. Il y a des personnes qui savent toujours penser à tout. » Elle leva la tête vers lui : « Si vous en désirez, Monsieur ? C'est dur de jeûner depuis le matin. » Il salua : « Ma foi, franchement, je ne refuse pas, je n'en peux plus. À la guerre comme à la guerre, n'est-ce pas, Madame ? » Et, jetant un regard circulaire, il ajouta : « Dans des moments comme celui-là, on est bien aise de trouver des gens qui vous obligent. » Il avait un journal, qu'il étendit pour ne point tacher son pantalon, et sur la pointe d'un couteau toujours logé dans sa poche, il enleva une cuisse toute vernie de gelée, la dépeça des dents, puis la mâcha avec une satisfaction si évidente qu'il y eut dans la voiture un grand soupir de détresse.

Mais Boule de suif, d'une voix humble et douce, proposa aux bonnes sœurs de partager sa collation. Elles acceptèrent toutes les deux instantanément, et, sans lever les yeux, se mirent à manger très vite après avoir balbutié des remerciements. Cornudet ne refusa pas non plus les offres de sa voisine, et l'on forma avec les religieuses une sorte de table en développant des journaux sur les genoux.

Les bouches s'ouvraient et se fermaient sans cesse, avalaient, mastiquaient, engloutissaient férocement. Loiseau, dans son coin, travaillait dur, et, à voix basse, il engageait sa femme à l'imiter. Elle résista longtemps, puis, après une crispation qui lui parcourut les entrailles, elle céda. Alors son mari, arrondissant sa phrase, demanda à leur « charmante compagne » si elle lui permettait d'offrir un petit morceau à

M^me Loiseau. Elle dit : « Mais oui, certainement, Monsieur »,
avec un sourire aimable, et tendit la terrine.

Un embarras se produisit lorsqu'on eut débouché la pre-
mière bouteille de bordeaux : il n'y avait qu'une timbale. On
se la passa après l'avoir essuyée. Cornudet seul, par galanterie
sans doute, posa ses lèvres à la place humide encore des lèvres
de sa voisine.

Alors, entourés de gens qui mangeaient, suffoqués par les
émanations des nourritures, le comte et la comtesse de
Bréville, ainsi que M. et M^me Carré-Lamadon souffrirent ce
supplice odieux qui a gardé le nom de Tantale[1]. Tout d'un
coup la jeune femme du manufacturier poussa un soupir qui
fit retourner les têtes ; elle était aussi blanche que la neige du
dehors ; ses yeux se fermèrent, son front tomba : elle avait
perdu connaissance. Son mari, affolé, implorait le secours de
tout le monde. Chacun perdait l'esprit, quand la plus âgée des
bonnes sœurs, soutenant la tête de la malade, glissa entre ses
lèvres la timbale de Boule de suif et lui fit avaler quelques
gouttes de vin. La jolie dame remua, ouvrit les yeux, sourit et
déclara d'une voix mourante qu'elle se sentait fort bien main-
tenant. Mais, afin que cela ne se renouvelât plus, la religieuse
la contraignit à boire un plein verre de bordeaux, et elle
ajouta : « C'est la faim, pas autre chose. »

Alors Boule de suif, rougissante et embarrassée, balbutia
en regardant les quatre voyageurs restés à jeun : « Mon Dieu,
si j'osais offrir à ces messieurs et à ces dames… » Elle se tut,
craignant un outrage. Loiseau prit la parole : « Eh, parbleu,
dans des cas pareils tout le monde est frère et doit s'aider.
Allons, Mesdames, pas de cérémonie, acceptez, que diable !
Savons-nous si nous trouverons seulement une maison où
passer la nuit ? Du train dont nous allons, nous ne serons pas

1. Mythologie. Tantale était un monarque condamné éternellement à la faim
 et à la soif : le niveau de l'eau dans laquelle il était plongé s'abaissait dès qu'il
 essayait de boire, de même que les fruits qui se trouvaient à sa portée
 s'éloignaient dès qu'il esquissait le geste de les prendre.

à Tôtes avant demain midi.» On hésitait, personne n'osant assumer la responsabilité du «oui». Mais le comte trancha la question. Il se tourna vers la grosse fille intimidée, et, prenant son grand air de gentilhomme, il lui dit: «Nous acceptons avec reconnaissance, Madame.»

Le premier pas seul coûtait. Une fois le Rubicon[1] passé, on s'en donna carrément. Le panier fut vidé. Il contenait encore un pâté de foie gras, un pâté de mauviettes, un morceau de langue fumée, des poires de Crassane, un pavé de Pont-l'Évêque, des petits fours et une tasse pleine de cornichons et d'oignons au vinaigre, Boule de suif, comme toutes les femmes, adorant les crudités.

On ne pouvait manger les provisions de cette fille sans lui parler. Donc on causa, avec réserve d'abord, puis, comme elle se tenait fort bien, on s'abandonna davantage. Mmes de Bréville et Carré-Lamadon, qui avaient un grand savoir-vivre, se firent gracieuses avec délicatesse. La comtesse surtout montra cette condescendance aimable des très nobles dames qu'aucun contact ne peut salir, et fut charmante. Mais la forte Mme Loiseau, qui avait une âme de gendarme, resta revêche, parlant peu et mangeant beaucoup.

On s'entretint de la guerre, naturellement. On raconta des faits horribles des Prussiens, des traits de bravoure des Français; et tous ces gens qui fuyaient rendirent hommage au courage des autres. Les histoires personnelles commencèrent bientôt, et Boule de suif raconta, avec une émotion vraie, avec cette chaleur de parole qu'ont parfois les filles pour exprimer leurs emportements naturels, comment elle avait quitté Rouen: «J'ai cru d'abord que je pourrais rester, disait-elle. J'avais ma maison pleine de provisions, et j'aimais mieux

1. Le Rubicon est une petite rivière qui séparait la Gaule cisalpine et l'Italie. Après avoir conquis les Gaules, César la franchit avec son armée, ce qui était formellement interdit par le Sénat. Il ouvrait ainsi la révolution qui transformerait la République romaine en Empire. *Franchir le Rubicon* signifie donc prendre une décision difficile et irrévocable.

nourrir quelques soldats que m'expatrier je ne sais où. Mais quand je les ai vus, ces Prussiens, ce fut plus fort que moi! Ils m'ont tourné le sang de colère; et j'ai pleuré de honte toute la journée. Oh! si j'étais un homme, allez! Je les regardais de ma fenêtre, ces gros porcs avec leur casque à pointe, et ma bonne me tenait les mains pour m'empêcher de leur jeter mon mobilier sur le dos. Puis il en est venu pour loger chez moi; alors j'ai sauté à la gorge du premier. Ils ne sont pas plus difficiles à étrangler que d'autres! Et je l'aurais terminé, celui-là, si l'on ne m'avait pas tirée par les cheveux. Il a fallu me cacher après ça. Enfin, quand j'ai trouvé une occasion, je suis partie, et me voici. »

On la félicita beaucoup. Elle grandissait dans l'estime de ses compagnons qui ne s'étaient pas montrés si crânes; et Cornudet, en l'écoutant, gardait un sourire approbateur et bienveillant d'apôtre; de même un prêtre entend un dévot louer Dieu, car les démocrates à longue barbe ont le monopole du patriotisme comme les hommes en soutane ont celui de la religion. Il parla à son tour d'un ton doctrinaire, avec l'emphase apprise dans les proclamations qu'on collait chaque jour aux murs, et il finit par un morceau d'éloquence où il étrillait magistralement cette « crapule de Badinguet[1] ».

Mais Boule de suif aussitôt se fâcha, car elle était bonapartiste. Elle devenait plus rouge qu'une guigne, et, bégayant d'indignation: « J'aurais bien voulu vous voir à sa place, vous autres. Ça aurait été du propre, ah oui! C'est vous qui l'avez trahi, cet homme! On n'aurait plus qu'à quitter la France si l'on était gouverné par des polissons comme vous! » Cornudet, impassible, gardait un sourire dédaigneux et supérieur; mais on sentait que les gros mots allaient arriver quand le comte s'interposa et calma, non sans peine, la fille

1. Surnom donné à Napoléon III par ses adversaires en référence au maçon qui lui avait donné ses vêtements pour lui permettre de s'échapper de la geôle où le roi Louis-Philippe l'avait fait enfermer en 1846.

exaspérée, en proclamant avec autorité que toutes les opinions sincères étaient respectables. Cependant la comtesse et la manufacturière, qui avaient dans l'âme la haine irraisonnée des gens comme il faut pour la République, et cette instinctive tendresse que nourrissent toutes les femmes pour les gouvernements à panache[1] et despotiques, se sentaient, malgré elles, attirées vers cette prostituée pleine de dignité, dont les sentiments ressemblaient si fort aux leurs.

Le panier était vide. À dix on l'avait tari sans peine, en regrettant qu'il ne fût pas plus grand. La conversation continua quelque temps, un peu refroidie néanmoins depuis qu'on avait fini de manger.

La nuit tombait, l'obscurité peu à peu devint profonde, et le froid, plus sensible pendant les digestions, faisait frissonner Boule de suif, malgré sa graisse. Alors Mme de Bréville lui proposa sa chaufferette dont le charbon, depuis le matin, avait été plusieurs fois renouvelé, et l'autre accepta tout de suite car elle se sentait les pieds gelés. Mme Carré-Lamadon et Loiseau donnèrent les leurs aux religieuses.

Le cocher avait allumé ses lanternes. Elles éclairaient d'une lueur vive un nuage de buée au-dessus de la croupe en sueur des timoniers, et, des deux côtés de la route, la neige qui semblait se dérouler sous le reflet mobile des lumières.

On ne distinguait plus rien dans la voiture ; mais tout à coup un mouvement se fit entre Boule de suif et Cornudet ; et Loiseau, dont l'oeil fouillait l'ombre, crut voir l'homme à la grande barbe s'écarter vivement comme s'il eût reçu quelque bon coup lancé sans bruit.

Des petits points de feu parurent en avant sur la route. C'était Tôtes. On avait marché onze heures, ce qui, avec les deux heures de repos laissées en quatre fois aux chevaux pour

1. Référence à l'ornement de certains casques militaires : un gouvernement à panache s'appuie beaucoup sur son armée.

manger l'avoine et souffler, faisait quatorze[1]. On entra dans le bourg, et devant l'hôtel du Commerce on s'arrêta.

La portière s'ouvrit. Un bruit bien connu fit tressaillir tous les voyageurs : c'étaient les heurts d'un fourreau de sabre sur le sol. Aussitôt la voix d'un Allemand cria quelque chose.

Bien que la diligence fût immobile, personne ne descendait, comme si l'on se fût attendu à être massacré à la sortie. Alors le conducteur apparut, tenant à la main une de ses lanternes, qui éclaira subitement jusqu'au fond de la voiture les deux rangs de têtes effarées, dont les bouches étaient ouvertes et les yeux écarquillés de surprise et d'épouvante.

À côté du cocher se tenait, en pleine lumière, un officier allemand, un grand jeune homme excessivement mince et blond, serré dans son uniforme comme une fille en son corset, et portant sur le côté sa casquette plate et cirée qui le faisait ressembler au chasseur d'un hôtel anglais. Sa moustache démesurée, à longs poils droits, s'amincissant indéfiniment de chaque côté et terminée par un seul fil blond, si mince qu'on n'en apercevait pas la fin, semblait peser sur les coins de sa bouche, et, tirant la joue, imprimait aux lèvres un pli tombant.

Il invita en français d'Alsacien les voyageurs à sortir, disant d'un ton raide : « Foulez-vous tescentre, Messieurs et Dames ? »

Les deux bonnes sœurs obéirent les premières avec une docilité de saintes filles habituées à toutes les soumissions. Le comte et la comtesse parurent ensuite, suivis du manufacturier et de sa femme, puis de Loiseau poussant devant lui sa grande moitié. Celui-ci, en mettant pied à terre, dit à l'officier : « Bonjour, Monsieur », par un sentiment de prudence bien plus que de politesse. L'autre, insolent comme les gens tout-puissants, le regarda sans répondre.

1. Aucune opération arithmétique ne permet d'obtenir le compte ; il s'agit d'une erreur bénigne passée inaperçue.

Boule de suif et Cornudet, bien que près de la portière, descendirent les derniers, graves et hautains devant l'ennemi. La grosse fille tâchait de se dominer et d'être calme : le démoc tourmentait d'une main tragique et un peu tremblante sa longue barbe roussâtre. Ils voulaient garder de la dignité, comprenant qu'en ces rencontres-là chacun représente un peu son pays ; et, pareillement révoltés par la souplesse de leurs compagnons, elle tâchait de se montrer plus fière que ses voisines, les femmes honnêtes, tandis que lui, sentant bien qu'il devait l'exemple, continuait en toute son attitude sa mission de résistance commencée au défoncement des routes.

On entra dans la vaste cuisine de l'auberge, et l'Allemand, s'étant fait présenter l'autorisation de départ signée par le général en chef et où étaient mentionnés les noms, le signalement et la profession de chaque voyageur, examina longuement tout ce monde, comparant les personnes aux renseignements écrits.

Puis il dit brusquement : « C'est pien », et il disparut.

Alors on respira. On avait faim encore ; le souper fut commandé. Une demi-heure était nécessaire pour l'apprêter ; et, pendant que deux servantes avaient l'air de s'en occuper, on alla visiter les chambres. Elles se trouvaient toutes dans un long couloir que terminait une porte vitrée marquée d'un numéro parlant[1].

Enfin on allait se mettre à table, quand le patron de l'auberge parut lui-même. C'était un ancien marchand de chevaux, un gros homme asthmatique qui avait toujours des sifflements, des enrouements, des chants de glaires dans le larynx. Son père lui avait transmis le nom de Follenvie.

Il demanda : « Mademoiselle Élisabeth Rousset ? »

Boule de suif tressaillit, se retourna :

« C'est moi.

1. Numéro 100. Par jeu de mots, il désignait parfois les toilettes.

— Mademoiselle, l'officier prussien veut vous parler immédiatement.

— A moi?

— Oui, si vous êtes bien Mademoiselle Élisabeth Rousset. »

Elle se troubla, réfléchit une seconde, puis déclara carrément : « C'est possible, mais je n'irai pas. »

Un mouvement se fit autour d'elle ; chacun discutait, cherchait la cause de cet ordre. Le comte s'approcha : « Vous avez tort, Madame, car votre refus peut amener des difficultés considérables, non seulement pour vous, mais même pour tous vos compagnons. Il ne faut jamais résister aux gens qui sont les plus forts. Cette démarche assurément ne peut présenter aucun danger : c'est sans doute pour quelque formalité oubliée. »

Tout le monde se joignit à lui, on la pria, on la pressa, on la sermonna, et l'on finit par la convaincre ; car tous redoutaient les complications qui pourraient résulter d'un coup de tête. Elle dit enfin : « C'est pour vous que je le fais, bien sûr ! »

La comtesse lui prit la main : « Et nous vous en remercions. »

Elle sortit. On l'attendit pour se mettre à table. Chacun se désolait de n'avoir pas été demandé à la place de cette fille violente et irascible, et préparait mentalement des platitudes pour le cas où on l'appellerait à son tour.

Mais au bout de dix minutes elle reparut, soufflant, rouge à suffoquer, exaspérée. Elle balbutiait : « Oh la canaille ! la canaille ! »

Tous s'empressaient pour savoir, mais elle ne dit rien ; et, comme le comte insistait, elle répondit avec une grande dignité : « Non, cela ne vous regarde pas, je ne peux pas parler. »

Alors on s'assit autour d'une haute soupière d'où sortait un parfum de choux. Malgré cette alerte, le souper fut gai. Le cidre était bon, le ménage Loiseau et les bonnes sœurs en prirent, par économie. Les autres demandèrent du vin; Cornudet réclama de la bière. Il avait une façon particulière de déboucher la bouteille, de faire mousser le liquide, de le considérer en penchant le verre, qu'il élevait ensuite entre la lampe et son œil pour bien apprécier la couleur. Quand il buvait, sa grande barbe, qui avait gardé la nuance de son breuvage aimé, semblait tressaillir de tendresse; ses yeux louchaient pour ne point perdre de vue sa chope, et il avait l'air de remplir l'unique fonction pour laquelle il était né. On eût dit qu'il établissait en son esprit un rapprochement et comme une affinité entre les deux grandes passions qui occupaient toute sa vie: le *Pale-Ale* et la Révolution; et assurément il ne pouvait déguster l'un sans songer à l'autre.

M. et M^{me} Follenvie dînaient tout au bout de la table. L'homme, râlant comme une locomotive crevée, avait trop de tirage dans la poitrine pour pouvoir parler en mangeant; mais la femme ne se taisait jamais. Elle raconta toutes ses impressions à l'arrivée des Prussiens, ce qu'ils faisaient, ce qu'ils disaient, les exécrant, d'abord, parce qu'ils lui coûtaient de l'argent, et, ensuite, parce qu'elle avait deux fils à l'armée. Elle s'adressait surtout à la comtesse, flattée de causer avec une dame de qualité.

Puis elle baissait la voix pour dire les choses délicates, et son mari de temps en temps, l'interrompait: « Tu ferais mieux de te taire, madame Follenvie. » Mais elle n'en tenait aucun compte, et continuait: « Oui, Madame, ces gens-là, ça ne fait que manger des pommes de terre et du cochon, et puis du cochon et des pommes de terre. Et il ne faut pas croire qu'ils sont propres. Oh non! Ils ordurent partout, sauf le respect que je vous dois. Et si vous les voyiez faire l'exercice pendant des heures et des jours; ils sont là tous dans un champ: Et marche en avant, et marche en arrière, et tourne par-ci, et tourne par-là. S'ils cultivaient la terre au moins, ou s'ils

travaillaient aux routes dans leur pays! Mais non, Madame, ces militaires, ça n'est profitable à personne! Faut-il que le pauvre peuple les nourrisse pour n'apprendre rien qu'à massacrer! Je ne suis qu'une vieille femme sans éducation, c'est vrai, mais en les voyant qui s'esquintent le tempérament à piétiner du matin au soir, je me dis: Quand il y a des gens qui font tant de découvertes pour être utiles, faut-il que d'autres se donnent tant de mal pour être nuisibles! Vraiment, n'est-ce pas une abomination de tuer des gens, qu'ils soient prussiens, ou bien anglais, ou bien polonais, ou bien français? Si l'on se revenge sur quelqu'un qui vous a fait tort, c'est mal, puisqu'on vous condamne; mais quand on extermine nos garçons comme du gibier, avec des fusils, c'est donc bien, puisqu'on donne des décorations à celui qui en détruit le plus? Non, voyez-vous, je ne comprendrai jamais ça!»

Cornudet éleva la voix: «La guerre est une barbarie quand on attaque un voisin paisible; c'est un devoir sacré quand on défend la patrie.»

La vieille femme baissa la tête: «Oui, quand on se défend, c'est autre chose; mais si l'on ne devrait pas plutôt tuer tous les rois qui font ça pour leur plaisir?»

L'œil dè Cornudet s'enflamma: «Bravo, citoyenne», dit-il.

M. Carré-Lamadon réfléchissait profondément. Bien qu'il fût fanatique des illustres capitaines, le bon sens de cette paysanne le faisait songer à l'opulence qu'apporteraient dans un pays tant de bras inoccupés et par conséquent ruineux, tant de forces qu'on entretient improductives, si on les employait aux grands travaux industriels qu'il faudra des siècles pour achever.

Mais Loiseau, quittant sa place, alla causer tout bas avec l'aubergiste. Le gros homme riait, toussait, crachait; son énorme ventre sautillait de joie aux plaisanteries de son voisin, et il lui acheta six feuillettes de bordeaux pour le printemps, quand les Prussiens seraient partis.

Le souper à peine achevé, comme on était brisé de fatigue, on se coucha.

Cependant Loiseau, qui avait observé les choses, fit mettre au lit son épouse, puis colla tantôt son oreille et tantôt son œil au trou de la serrure, pour tâcher de découvrir ce qu'il appelait : « les mystères du corridor ».

Au bout d'une heure environ, il entendit un frôlement, regarda bien vite, et aperçut Boule de suif qui paraissait plus replète encore sous un peignoir de cachemire bleu, bordé de dentelles blanches. Elle tenait un bougeoir à la main et se dirigeait vers le gros numéro tout au fond du couloir. Mais une porte, à côté, s'entrouvrit, et, quand elle revint au bout de quelques minutes, Cornudet, en bretelles, la suivait. Ils parlaient bas, puis ils s'arrêtèrent. Boule de suif semblait défendre l'entrée de sa chambre avec énergie. Loiseau, malheureusement, n'entendait pas les paroles, mais, à la fin, comme ils élevaient la voix, il put en saisir quelques-unes. Cornudet insistait avec vivacité. Il disait : « Voyons, vous êtes bête, qu'est-ce que ça vous fait ? »

Elle avait l'air indigné et répondit : « Non, mon cher, il y a des moments où ces choses-là ne se font pas ; et puis, ici, ce serait une honte. »

Il ne comprenait point, sans doute, et demanda pourquoi. Alors elle s'emporta, élevant encore le ton : « Pourquoi ? Vous ne comprenez pas pourquoi ? Quand il y a des Prussiens dans la maison, dans la chambre à côté peut-être ? »

Il se tut. Cette pudeur patriotique de catin qui ne se laissait point caresser près de l'ennemi dut réveiller en son cœur sa dignité défaillante, car, après l'avoir seulement embrassée, il regagna sa porte à pas de loup.

Loiseau, très allumé, quitta la serrure, battit un entrechat dans sa chambre, mit son madras, souleva le drap sous lequel gisait la dure carcasse de sa compagne qu'il réveilla d'un baiser en murmurant : « M'aimes-tu, chérie ? »

Alors toute la maison devint silencieuse. Mais bientôt s'éleva quelque part, dans une direction indéterminée qui pouvait être la cave aussi bien que le grenier, un ronflement puissant, monotone, régulier, un bruit sourd et prolongé, avec des tremblements de chaudière sous pression. M. Follenvie dormait.

Comme on avait décidé qu'on partirait à huit heures le lendemain, tout le monde se trouva dans la cuisine ; mais la voiture, dont la bâche avait un toit de neige, se dressait solitaire au milieu de la cour, sans chevaux et sans conducteur. On chercha en vain celui-ci dans les écuries, dans les fourrages, dans les remises. Alors tous les hommes se résolurent à battre le pays et ils sortirent. Ils se trouvèrent sur la place, avec l'église au fond et, des deux côtés, des maisons basses où l'on apercevait des soldats prussiens. Le premier qu'ils virent épluchait des pommes de terre. Le second, plus loin, lavait la boutique du coiffeur. Un autre, barbu jusqu'aux yeux, embrassait un mioche qui pleurait et le berçait sur ses genoux pour tâcher de l'apaiser ; et les grosses paysannes dont les hommes étaient à « l'armée de la guerre », indiquaient par signes à leurs vainqueurs obéissants le travail qu'il fallait entreprendre : fendre du bois, tremper la soupe, moudre le café ; un d'eux même lavait le linge de son hôtesse, une aïeule tout impotente.

Le comte, étonné, interrogea le bedeau qui sortait du presbytère. Le vieux rat d'église lui répondit : « Oh ! ceux-là ne sont pas méchants : c'est pas des Prussiens à ce qu'on dit. Ils sont de plus loin, je ne sais pas bien d'où ; et ils ont tous laissé une femme et des enfants au pays ; ça ne les amuse pas, la guerre, allez ! Je suis sûr qu'on pleure bien aussi là-bas après les hommes ; et ça fournira une fameuse misère chez eux comme chez nous. Ici, encore, on n'est pas trop malheureux pour le moment, parce qu'ils ne font pas de mal et qu'ils travaillent comme s'ils étaient dans leurs maisons. Voyez-vous, Monsieur, entre pauvres gens, faut bien qu'on s'aide… C'est les grands qui font la guerre. »

Cornudet, indigné de l'entente cordiale établie entre les vainqueurs et les vaincus, se retira, préférant s'enfermer dans

l'auberge. Loiseau eut un mot pour rire : « Ils repeuplent. »
M. Carré-Lamadon eut un mot grave : « Ils réparent. » Mais on
ne trouvait pas le cocher. À la fin on le découvrit dans le café
du village attablé fraternellement avec l'ordonnance de
l'officier. Le comte l'interpella :

« Ne vous avait-on pas donné l'ordre d'atteler pour huit
heures ?

— Ah bien oui, mais on m'en a donné un autre depuis.

— Lequel ?

— De ne pas atteler du tout.

— Qui vous a donné cet ordre ?

— Ma foi ! le commandant prussien.

— Pourquoi ?

— Je n'en sais rien. Allez lui demander. On me défend
d'atteler, moi je n'attelle pas. Voilà.

— C'est lui-même qui vous a dit cela ?

— Non, Monsieur : c'est l'aubergiste qui m'a donné
l'ordre de sa part.

— Quand ça ?

— Hier soir, comme j'allais me coucher. »

Les trois hommes rentrèrent fort inquiets.

On demanda M. Follenvie, mais la servante répondit que
Monsieur, à cause de son asthme, ne se levait jamais avant dix
heures. Il avait même formellement défendu de le réveiller
plus tôt, excepté en cas d'incendie.

On voulut voir l'officier, mais cela était impossible abso-
lument, bien qu'il logeât dans l'auberge. M. Follenvie seul
était autorisé à lui parler pour les affaires civiles. Alors on
attendit. Les femmes remontèrent dans leurs chambres, et des
futilités les occupèrent.

Cornudet s'installa sous la haute cheminée de la cuisine,
où flambait un grand feu. Il se fit apporter là une des petites
tables du café, une canette, et il tira sa pipe qui jouissait parmi
les démocrates d'une considération presque égale à la sienne,
comme si elle avait servi la patrie en servant à Cornudet.

C'était une superbe pipe en écume admirablement culottée, aussi noire que les dents de son maître, mais parfumée, recourbée, luisante, familière à sa main, et complétant sa physionomie. Et il demeura immobile, les yeux tantôt fixés sur la flamme du foyer, tantôt sur la mousse qui couronnait sa chope ; et chaque fois qu'il avait bu, il passait d'un air satisfait ses longs doigts maigres dans ses longs cheveux gras, pendant qu'il humait sa moustache frangée d'écume.

Loiseau, sous prétexte de se dégourdir les jambes, alla placer du vin aux débitants du pays. Le comte et le manufacturier se mirent à causer politique. Ils prévoyaient l'avenir de la France. L'un croyait aux d'Orléans[1], l'autre à un sauveur inconnu, un héros qui se révélerait quand tout serait désespéré : un Du Guesclin[2], une Jeanne d'Arc peut-être ? ou un autre Napoléon I[er] ? Ah ! si le prince impérial[3] n'était pas si jeune ! Cornudet, les écoutant, souriait en homme qui sait le mot des destinées. Sa pipe embaumait la cuisine.

Comme dix heures sonnaient, M. Follenvie parut. On l'interrogea bien vite ; mais il ne put que répéter deux ou trois fois, sans une variante, ces paroles : « L'officier m'a dit comme ça : « Monsieur Follenvie, vous défendrez qu'on attelle demain la voiture de ces voyageurs. Je ne veux pas qu'ils partent sans mon ordre. Vous entendez. Ça suffit. »

Alors on voulut voir l'officier. Le comte lui envoya sa carte où M. Carré-Lamadon ajouta son nom et tous ses titres. Le Prussien fit répondre qu'il admettrait ces deux hommes à lui parler quand il aurait déjeuné, c'est-à-dire vers une heure.

Les dames reparurent et l'on mangea quelque peu, malgré l'inquiétude. Boule de suif semblait malade et prodigieusement troublée.

1. Nom de quatre familles princières de France. Louis-Philippe en est issu.
2. Héros populaire (1320-1380) pour la lutte qu'il fit aux Anglais pendant la guerre de Cent Ans.
3. Eugène-Louis Napoléon, fils de Napoléon III, n'avait que quatorze ans en 1870.

On achevait le café quand l'ordonnance vint chercher ces messieurs.

Loiseau se joignit aux deux premiers ; mais comme on essayait d'entraîner Cornudet pour donner plus de solennité à leur démarche, il déclara fièrement qu'il entendait n'avoir jamais aucun rapport avec les Allemands ; et il se remit dans sa cheminée, demandant une autre canette.

Les trois hommes montèrent et furent introduits dans la plus belle chambre de l'auberge, où l'officier les reçut, étendu dans un fauteuil, les pieds sur la cheminée, fumant une longue pipe de porcelaine, et enveloppé par une robe de chambre flamboyante, dérobée sans doute dans la demeure abandonnée de quelque bourgeois de mauvais goût. Il ne se leva pas, ne les salua pas, ne les regarda pas. Il présentait un magnifique échantillon de la goujaterie naturelle au militaire victorieux.

Au bout de quelques instants il dit enfin : « Qu'est-ce que fous foulez ? »

Le comte prit la parole : « Nous désirons partir, Monsieur.

— Non.

— Oserai-je vous demander la cause de ce refus ?

— Parce que che ne feux pas.

— Je vous ferai respectueusement observer, Monsieur, que votre général en chef nous a délivré une permission de départ pour gagner Dieppe, et je ne pense pas que nous ayons rien fait pour mériter vos rigueurs.

— Che ne feux pas… foilà tout… Fous poufez tescentre. »

S'étant inclinés tous les trois, ils se retirèrent. L'après-midi fut lamentable. On ne comprenait rien à ce caprice d'Allemand, et les idées les plus singulières troublaient les têtes. Tout le monde se tenait dans la cuisine, et l'on discutait sans fin, imaginant des choses invraisemblables. On voulait peut-être les garder comme otages – mais dans quel but ? – ou les emmener prisonniers ? ou, plutôt, leur demander une rançon considérable ? À cette pensée, une panique les affola.

Les plus riches étaient les plus épouvantés, se voyant déjà contraints, pour racheter leur vie, de verser des sacs pleins d'or entre les mains de ce soldat insolent. Ils se creusaient la cervelle pour découvrir des mensonges acceptables, dissimuler leurs richesses, se faire passer pour pauvres, très pauvres. Loiseau enleva sa chaîne de montre et la cacha dans sa poche. La nuit qui tombait augmenta les appréhensions. La lampe fut allumée, et, comme on avait encore deux heures avant le dîner, M^me Loiseau proposa une partie de trente-et-un. Ce serait une distraction. On accepta. Cornudet lui-même, ayant éteint sa pipe par politesse, y prit part.

Le comte battit les cartes – donna, – Boule de suif avait trente et un d'emblée ; et bientôt l'intérêt de la partie apaisa la crainte qui hantait les esprits. Mais Cornudet s'aperçut que le ménage Loiseau s'entendait pour tricher.

Comme on allait se mettre à table, M. Follenvie reparut, et, de sa voix graillonnante, il prononça : « L'officier prussien fait demander à M^me Élisabeth Rousset si elle n'a pas encore changé d'avis. »

Boule de suif resta debout, toute pâle ; puis, devenant subitement cramoisie, elle eut un tel étouffement de colère qu'elle ne pouvait plus parler. Enfin elle éclata : « Vous lui direz à cette crapule, à ce saligaud, à cette charogne de Prussien, que jamais je ne voudrai ; vous entendez bien, jamais, jamais, jamais ! »

Le gros aubergiste sortit. Alors Boule de suif fut entourée, interrogée, sollicitée par tout le monde de dévoiler le mystère de sa visite. Elle résista d'abord ; mais l'exaspération l'emporta bientôt : « Ce qu'il veut ?… Ce qu'il veut ?… Il veut coucher avec moi ! » cria-t-elle. Personne ne se choqua du mot, tant l'indignation fut vive. Cornudet brisa sa chope en la reposant violemment sur la table. C'était une clameur de réprobation contre ce soudard ignoble, un souffle de colère, une union de tous pour la résistance, comme si l'on eût demandé à chacun une partie du sacrifice exigé d'elle. Le

comte déclara avec dégoût que ces gens-là se conduisaient à la façon des anciens barbares. Les femmes surtout témoignèrent à Boule de suif une commisération énergique et caressante. Les bonnes sœurs, qui ne se montraient qu'aux repas, avaient baissé la tête et ne disaient rien.

On dîna néanmoins lorsque la première fureur fut apaisée; mais on parla peu: on songeait.

Les dames se retirèrent de bonne heure, et les hommes, tout en fumant, organisèrent un écarté[1] auquel fut convié M. Follenvie, qu'on avait l'intention d'interroger habilement sur les moyens à employer pour vaincre la résistance de l'officier. Mais il ne songeait qu'à ses cartes, sans rien écouter, sans rien répondre; et il répétait sans cesse: « Au jeu, Messieurs, au jeu. » Son attention était si tendue qu'il en oubliait de cracher, ce qui lui mettait parfois des points d'orgue dans la poitrine. Ses poumons sifflants donnaient toute la gamme de l'asthme, depuis les notes graves et profondes jusqu'aux enrouements aigus des jeunes coqs essayant de chanter.

Il refusa même de monter, quand sa femme, qui tombait de sommeil, vint le chercher. Alors elle partit toute seule, car elle était « du matin », toujours levée avec le soleil, tandis que son homme était « du soir », toujours prêt à passer la nuit avec des amis. Il lui cria: « Tu placeras mon lait de poule devant le feu », et se remit à sa partie. Quand on vit bien qu'on n'en pourrait rien tirer, on déclara qu'il était temps de s'en aller, et chacun gagna son lit.

On se leva encore d'assez bonne heure le lendemain, avec un espoir indéterminé, un désir plus grand de s'en aller, une terreur du jour à passer dans cette horrible petite auberge.

Hélas! les chevaux restaient à l'écurie, le cocher demeurait invisible. On alla, par désœuvrement, tourner autour de la voiture.

1. À ce jeu, les participants ont la possibilité de retirer de leur jeu – écarter – les cartes qui ne leur plaisent pas.

Le déjeuner fut bien triste ; et il s'était produit comme un refroidissement vis-à-vis de Boule de suif, car la nuit, qui porte conseil, avait un peu modifié les jugements. On en voulait presque à cette fille, maintenant, de n'avoir pas été trouver secrètement le Prussien, afin de ménager, au réveil, une bonne surprise à ses compagnons. Quoi de plus simple ? Qui l'eût su, d'ailleurs ? Elle aurait pu sauver les apparences en faisant dire à l'officier qu'elle prenait en pitié leur détresse. Pour elle, ça avait si peu d'importance !

Mais personne n'avouait encore ces pensées.

Dans l'après-midi, comme on s'ennuyait à périr, le comte proposa de faire une promenade aux alentours du village. Chacun s'enveloppa avec soin et la petite société partit, à l'exception de Cornudet, qui préférait rester près du feu, et des bonnes sœurs, qui passaient leurs journées dans l'église ou chez le curé.

Le froid, plus intense de jour en jour, piquait cruellement le nez et les oreilles ; les pieds devenaient si douloureux que chaque pas était une souffrance ; et, lorsque la campagne se découvrit, elle leur apparut si effroyablement lugubre sous cette blancheur illimitée que tout le monde aussitôt retourna, l'âme glacée et le cœur serré.

Les quatre femmes marchaient devant, les trois hommes suivaient, un peu derrière.

Loiseau, qui comprenait la situation, demanda tout à coup si cette « garce-là » allait les faire rester longtemps encore dans un pareil endroit. Le comte, toujours courtois, dit qu'on ne pouvait exiger d'une femme un sacrifice aussi pénible, et qu'il devait venir d'elle-même. M. Carré-Lamadon remarqua que si les Français faisaient, comme il en était question, un retour offensif par Dieppe, la rencontre ne pourrait avoir lieu qu'à Tôtes. Cette réflexion rendit les deux autres soucieux. « Si l'on se sauvait à pied », dit Loiseau. Le comte haussa les épaules : « Y songez-vous, dans cette neige ? avec nos femmes ? Et puis nous serions tout de suite poursuivis, rattrapés en dix minutes, et ramenés prisonniers à la merci des soldats. » C'était vrai ; on se tut.

Les dames parlaient toilette; mais une certaine contrainte semblait les désunir.

Tout à coup, au bout de la rue, l'officier parut. Sur la neige qui fermait l'horizon, il profilait sa grande taille de guêpe en uniforme, et marchait, les genoux écartés, de ce mouvement particulier aux militaires qui s'efforcent de ne point maculer leurs bottes soigneusement cirées.

Il s'inclina en passant près des dames, et regarda dédaigneusement les hommes, qui eurent, du reste, la dignité de ne se point découvrir, bien que Loiseau ébauchât un geste pour retirer sa coiffure.

Boule de suif était devenue rouge jusqu'aux oreilles; et les trois femmes mariées ressentaient une grande humiliation d'être ainsi rencontrées par ce soldat, dans la compagnie de cette fille qu'il avait si cavalièrement traitée.

Alors on parla de lui, de sa tournure, de son visage. Mme Carré-Lamadon, qui avait connu beaucoup d'officiers et qui les jugeait en connaisseur, trouvait celui-là pas mal du tout; elle regrettait même qu'il ne fût pas Français, parce qu'il ferait un fort joli hussard, dont toutes les femmes assurément raffoleraient.

Une fois rentrés, on ne sut plus que faire. Des paroles aigres furent même échangées à propos de choses insignifiantes. Le dîner silencieux dura peu, et chacun monta se coucher, espérant dormir pour tuer le temps.

On descendit le lendemain avec des visages fatigués et des cœurs exaspérés. Les femmes parlaient à peine à Boule de suif.

Une cloche tinta. C'était pour un baptême. La grosse fille avait un enfant élevé chez des paysans d'Yvetot. Elle ne le voyait pas une fois l'an et n'y songeait jamais; mais la pensée de celui qu'on allait baptiser lui jeta au cœur une tendresse subite et violente pour le sien, et elle voulut absolument assister à la cérémonie.

Aussitôt qu'elle fut partie, tout le monde se regarda, puis on rapprocha les chaises, car on sentait bien qu'à la fin il

fallait décider quelque chose. Loiseau eut une inspiration : il était d'avis de proposer à l'officier de garder Boule de suif toute seule, et de laisser partir les autres.

M. Follenvie se chargea encore de la commission, mais il redescendit presque aussitôt. L'Allemand, qui connaissait la nature humaine, l'avait mis à la porte. Il prétendait retenir tout le monde tant que son désir ne serait pas satisfait.

Alors le tempérament populacier de M^me Loiseau éclata : « Nous n'allons pourtant pas mourir de vieillesse ici. Puisque c'est son métier, à cette gueuse, de faire ça avec tous les hommes, je trouve qu'elle n'a pas le droit de refuser l'un plutôt que l'autre. Je vous demande un peu, ça a pris tout ce qu'elle a trouvé dans Rouen, même des cochers ! oui, Madame, le cocher de la préfecture ! Je le sais bien, moi, il achète son vin à la maison. Et aujourd'hui qu'il s'agit de nous tirer d'embarras, elle fait la mijaurée, cette morveuse !… Moi, je trouve qu'il se conduit très bien, cet officier. Il est peut-être privé depuis longtemps ; et nous étions là trois qu'il aurait sans doute préférées. Mais non, il se contente de celle à tout le monde. Il respecte les femmes mariées. Songez donc, il est le maître. Il n'avait qu'à dire : « Je veux », et il pouvait nous prendre de force avec ses soldats. »

Les deux femmes eurent un petit frisson. Les yeux de la jolie M^me Carré-Lamadon brillaient, et elle était un peu pâle, comme si elle se sentait déjà prise de force par l'officier.

Les hommes, qui discutaient à l'écart, se rapprochèrent. Loiseau, furibond, voulait livrer « cette misérable » pieds et poings liés à l'ennemi. Mais le comte, issu de trois générations d'ambassadeurs, et doué d'un physique de diplomate, était partisan de l'habileté : « Il faudrait la décider », dit-il.

Alors on conspira.

Les femmes se serrèrent, le ton de la voix fut baissé, et la discussion devint générale, chacun donnant son avis. C'était fort convenable du reste. Ces dames surtout trouvaient des

délicatesses de tournures, des subtilités d'expression charmantes, pour dire les choses les plus scabreuses. Un étranger n'aurait rien compris, tant les précautions du langage étaient observées. Mais la légère tranche de pudeur dont est bardée toute femme du monde ne recouvrant que la surface, elles s'épanouissaient dans cette aventure polissonne, s'amusaient follement au fond, se sentant dans leur élément, tripotant de l'amour avec la sensualité d'un cuisinier gourmand qui prépare le souper d'un autre.

La gaieté revenait d'elle-même, tant l'histoire leur semblait drôle à la fin. Le comte trouva des plaisanteries un peu risquées, mais si bien dites qu'elles faisaient sourire. À son tour, Loiseau lâcha quelques grivoiseries plus raides dont on ne se blessa point; et la pensée brutalement exprimée par sa femme dominait tous les esprits: «Puisque c'est son métier à cette fille, pourquoi refuserait-elle celui-là plus qu'un autre?» La gentille M^{me} Carré-Lamadon semblait même penser qu'à sa place elle refuserait celui-là moins qu'un autre.

On prépara longuement le blocus, comme pour une forteresse investie. Chacun convint du rôle qu'il jouerait, des arguments dont il s'appuierait, des manoeuvres qu'il devrait exécuter. On régla le plan des attaques, les ruses à employer, et les surprises de l'assaut, pour forcer cette citadelle vivante à recevoir l'ennemi dans la place.

Cornudet cependant restait à l'écart, complètement étranger à cette affaire.

Une attention si profonde tendait les esprits, qu'on n'entendit point rentrer Boule de suif. Mais le comte souffla un léger: «Chut» qui fit relever tous les yeux. Elle était là. On se tut brusquement et un certain embarras empêcha d'abord de lui parler. La comtesse, plus assouplie que les autres aux duplicités des salons, l'interrogea: «Était-ce amusant, ce baptême?»

La grosse fille, encore émue, raconta tout, et les figures, et les attitudes, et l'aspect même de l'église. Elle ajouta: «C'est si bon de prier quelquefois.»

Cependant, jusqu'au déjeuner, ces dames se contentèrent d'être aimables avec elle, pour augmenter sa confiance et sa docilité à leurs conseils.

Aussitôt à table, on commença les approches. Ce fut d'abord une conversation vague sur le dévouement. On cita des exemples anciens : Judith et Holopherne[1], puis, sans aucune raison, Lucrèce avec Sextus[2], Cléopâtre[3] faisant passer par sa couche tous les généraux ennemis, et les y réduisant à des servilités d'esclave. Alors se déroula une histoire fantaisiste, éclose dans l'imagination de ces millionnaires ignorants, où les citoyennes de Rome allaient endormir, à Capoue, Annibal[4] entre leurs bras, et avec lui, ses lieutenants, et les phalanges des mercenaires. On cita toutes les femmes qui ont arrêté des conquérants, fait de leur corps un champ de bataille, un moyen de dominer, une arme, qui ont vaincu par leurs caresses héroïques des êtres hideux ou détestés, et sacrifié leur chasteté à la vengeance et au dévouement.

On parla même en termes voilés de cette Anglaise de grande famille qui s'était laissé inoculer une horrible et contagieuse maladie pour la transmettre à Bonaparte, sauvé miraculeusement par une faiblesse subite, à l'heure du rendez-vous fatal.

Et tout cela était raconté d'une façon convenable et modérée, où parfois éclatait un enthousiasme voulu propre à

1. Judith aurait été une jeune veuve de la ville de Béthulie qui aurait séduit le général perse Holopherne, qui assiégeait la ville, avant de lui trancher la tête.

2. Après avoir été violée par le roi Sextus, Lucrèce se poignarda sous les yeux de son mari et de son père, à qui elle a demandé vengeance, procurant ainsi l'occasion de la révolution qui mit fin à la royauté chez les Romains, en 510 av. J.-C.

3. Reine d'Égypte qui vécut de 69 à 30 av. J.-C. Elle séduisit les généraux romains César et Marc-Antoine.

4. Général carthaginois qui s'empara de la ville romaine de Capoue, dans la péninsule italienne, en 215 av. J.-C. Ses troupes se seraient amollies au contact des plaisirs offerts par la ville qui fut reprise par les Romains en 211 av. J.-C.

exciter l'émulation. On aurait pu croire, à la fin, que le seul rôle de la femme ici-bas était un perpétuel sacrifice de sa personne, un abandon continu aux caprices des soldatesques.

Les deux bonnes sœurs ne semblaient point entendre, perdues en des pensées profondes. Boule de suif ne disait rien.

Pendant tout l'après-midi, on la laissa réfléchir. Mais, au lieu de l'appeler « madame », comme on avait fait jusque-là, on lui disait simplement « mademoiselle », sans que personne sût bien pourquoi, comme si l'on avait voulu la faire descendre d'un degré dans l'estime qu'elle avait escaladée, lui faire sentir sa situation honteuse.

Au moment où l'on servit le potage, M. Follenvie reparut, répétant sa phrase de la veille : « L'officier prussien fait demander à M^{me} Élisabeth Rousset si elle n'a point encore changé d'avis. »

Boule de suif répondit sèchement : « Non, Monsieur. »

Mais au dîner la coalition faiblit. Loiseau eut trois phrases malheureuses. Chacun se battait les flancs pour découvrir des exemples nouveaux et ne trouvait rien, quand la comtesse, sans préméditation peut-être, éprouvant un vague besoin de rendre hommage à la Religion, interrogea la plus âgée des bonnes sœurs sur les grands faits de la vie des saints. Or, beaucoup avaient commis des actes qui seraient des crimes à nos yeux; mais l'Église absout sans peine ces forfaits quand ils sont accomplis pour la gloire de Dieu, ou pour le bien du prochain. C'était un argument puissant; la comtesse en profita. Alors, soit par une de ces ententes tacites, de ces complaisances voilées, où excelle quiconque porte un habit ecclésiastique, soit simplement par l'effet d'une inintelligence heureuse, d'une secourable bêtise, la vieille religieuse apporta à la conspiration un formidable appui. On la croyait timide, elle se montra hardie, verbeuse, violente. Celle-là n'était pas troublée par les tâtonnements de la casuistique; sa doctrine semblait une barre de fer; sa foi n'hésitait jamais; sa conscience n'avait point de scrupules. Elle trouvait tout simple le

sacrifice d'Abraham[1], car elle aurait immédiatement tué père et mère sur un ordre venu d'en haut; et rien, à son avis, ne pouvait déplaire au Seigneur quand l'intention était louable. La comtesse, mettant à profit l'autorité sacrée de sa complice inattendue, lui fit faire comme une paraphrase édifiante de cet axiome de morale: «La fin justifie les moyens.»

Elle l'interrogeait: «Alors, ma sœur, vous pensez que Dieu accepte toutes les voies, et pardonne le fait quand le motif est pur?

— Qui pourrait en douter, Madame? Une action blâmable en soi devient souvent méritoire par la pensée qui l'inspire.»

Et elles continuaient ainsi, démêlant les volontés de Dieu, prévoyant ses décisions, le faisant s'intéresser à des choses qui, vraiment, ne le regardaient guère.

Tout cela était enveloppé, habile, discret. Mais chaque parole de la sainte fille en cornette faisait brèche dans la résistance indignée de la courtisane. Puis, la conversation se détournant un peu, la femme aux chapelets pendants parla des maisons de son ordre, de sa supérieure, d'elle-même, et de sa mignonne voisine, la chère sœur Saint-Nicéphore. On les avait demandées au Havre pour soigner dans les hôpitaux des centaines de soldats atteints de la petite vérole. Elle les dépeignit, ces misérables, détailla leur maladie. Et tandis qu'elles étaient arrêtées en route par les caprices de ce Prussien, un grand nombre de Français pouvaient mourir qu'elles auraient sauvés peut-être! C'était sa spécialité, à elle, de soigner les militaires; elle avait été en Crimée[2], en Italie, en Autriche, et, racontant ses campagnes, elle se révéla tout à

1. Patriarche d'une des tribus d'Israël qui, pour obéir à Dieu, se prépare à sacrifier son fils Isaac quand un ange l'arrête et remplace le fils par un bélier.
2. Presqu'île de la mer Noire. En 1854 et 1855, siège d'une guerre entre la Russie et la France et ses alliés.

coup une de ces religieuses à tambours et à trompettes qui semblent faites pour suivre les camps, ramasser des blessés dans les remous des batailles, et, mieux qu'un chef, dompter d'un mot les grands soudards indisciplinés; une vraie bonne sœur Ran-tan-plan, dont la figure ravagée, crevée de trous sans nombre, paraissait une image des dévastations de la guerre.

Personne ne dit rien après elle, tant l'effet semblait excellent.

Aussitôt le repas terminé, on remonta bien vite dans les chambres pour ne descendre, le lendemain, qu'assez tard dans la matinée.

Le déjeuner fut tranquille. On donnait à la graine semée la veille le temps de germer et de pousser ses fruits.

La comtesse proposa de faire une promenade dans l'après-midi; alors le comte, comme il était convenu, prit le bras de Boule de suif, et demeura derrière les autres, avec elle.

Il lui parla de ce ton familier, paternel, un peu dédaigneux, que les hommes posés emploient avec les filles, l'appelant: « ma chère enfant », la traitant du haut de sa position sociale, de son honorabilité indiscutée. Il pénétra tout de suite au vif de la question: « Donc, vous préférez nous laisser ici, exposés comme vous-même à toutes les violences qui suivraient un échec des troupes prussiennes, plutôt que de consentir à une de ces complaisances que vous avez eues si souvent en votre vie? »

Boule de suif ne répondit rien.

Il la prit par la douceur, par le raisonnement, par les sentiments. Il sut rester « monsieur le comte », tout en se montrant galant quand il le fallut, complimenteur, aimable enfin. Il exalta le service qu'elle leur rendrait, parla de leur reconnaissance; puis soudain, la tutoyant gaiement: « Et tu sais, ma chère, il pourrait se vanter d'avoir goûté d'une jolie fille comme il n'en trouvera pas beaucoup dans son pays. »

Boule de suif ne répondit pas et rejoignit la société.

Aussitôt rentrée, elle monta chez elle et ne reparut plus. L'inquiétude était extrême. Qu'allait-elle faire? Si elle résistait, quel embarras!

L'heure du dîner sonna; on l'attendit en vain. M. Follenvie, entrant alors, annonça que Mᵐᵉ Rousset se sentait indisposée, et qu'on pouvait se mettre à table. Tout le monde dressa l'oreille. Le comte s'approcha de l'aubergiste, et, tout bas: «Ça y est? — Oui.» Par convenance, il ne dit rien à ses compagnons, mais il leur fit seulement un léger signe de la tête. Aussitôt un grand soupir de soulagement sortit de toutes les poitrines, une allégresse parut sur les visages. Loiseau cria: «Saperlipopette! je paye du champagne si l'on en trouve dans l'établissement»; et Mᵐᵉ Loiseau eut une angoisse lorsque le patron revint avec quatre bouteilles aux mains. Chacun était devenu subitement communicatif et bruyant; une joie égrillarde emplissait les cœurs. Le comte parut s'apercevoir que Mᵐᵉ Carré-Lamadon était charmante, le manufacturier fit des compliments à la comtesse. La conversation fut vive, enjouée, pleine de traits.

Tout à coup, Loiseau, la face anxieuse et levant les bras, hurla: «Silence!» Tout le monde se tut, surpris, presque effrayé déjà. Alors il tendit l'oreille en faisant «Chut!» des deux mains, leva les yeux vers le plafond, écouta de nouveau, et reprit, de sa voix naturelle: «Rassurez-vous, tout va bien.»

On hésitait à comprendre, mais bientôt un sourire passa.

Au bout d'un quart d'heure il recommença la même farce, la renouvela souvent dans la soirée; et il faisait semblant d'interpeller quelqu'un à l'étage au-dessus, en lui donnant des conseils à double sens puisés dans son esprit de commis voyageur. Par moments il prenait un air triste pour soupirer: «Pauvre fille!» ou bien il murmurait entre ses dents d'un air rageur: «Gueux de Prussien, va!» Quelquefois, au moment où l'on n'y songeait plus, il poussait, d'une voix vibrante,

plusieurs: «Assez! Assez!» et ajoutait, comme se parlant à lui-même: «Pourvu que nous la revoyions; qu'il ne l'en fasse pas mourir, le misérable!»

Bien que ces plaisanteries fussent d'un goût déplorable, elles amusaient et ne blessaient personne, car l'indignation dépend des milieux comme le reste, et l'atmosphère qui s'était peu à peu créée autour d'eux était chargée de pensées grivoises.

Au dessert, les femmes elles-mêmes firent des allusions spirituelles et discrètes. Les regards luisaient; on avait bu beaucoup. Le comte, qui conservait, même en ses écarts, sa grande apparence de gravité, trouva une comparaison fort goûtée sur la fin des hivernages au pôle et la joie des naufragés qui voient s'ouvrir une route vers le sud.

Loiseau, lancé, se leva, un verre de champagne à la main: «Je bois à notre délivrance!» Tout le monde fut debout: on l'acclamait. Les deux bonnes sœurs, elles-mêmes, sollicitées par ces dames, consentirent à tremper leurs lèvres dans ce vin mousseux dont elles n'avaient jamais goûté. Elles déclarèrent que cela ressemblait à la limonade gazeuse, mais que c'était plus fin cependant.

Loiseau résuma la situation: «C'est malheureux de ne pas avoir de piano parce qu'on pourrait pincer un quadrille[1].»

Cornudet n'avait pas dit un mot, pas fait un geste; il paraissait même plongé dans des pensées très graves, et tirait parfois, d'un geste furieux, sa grande barbe qu'il semblait vouloir allonger encore. Enfin, vers minuit, comme on allait se séparer, Loiseau, qui titubait, lui tapa soudain sur le ventre et lui dit en bredouillant: «Vous n'êtes pas farce, vous, ce soir; vous ne dites rien, citoyen?» Mais Cornudet releva brusquement la tête, et, parcourant la société d'un regard luisant et

1. Jouer un quadrille, danse à la mode à la fin du XIXe siècle.

terrible : « Je vous dis à tous que vous venez de faire une infamie ! » Il se leva, gagna la porte, répéta encore une fois : « Une infamie ! » et disparut.

Cela jeta un froid d'abord. Loiseau, interloqué, restait bête ; mais il reprit son aplomb, puis, tout à coup, se tordit en répétant : « Ils sont trop verts, mon vieux, ils sont trop verts[1]. » Comme on ne comprenait pas, il raconta les « mystères du corridor ». Alors il y eut une reprise de gaieté formidable. Ces dames s'amusaient comme des folles. Le comte et M. Carré-Lamadon pleuraient à force de rire. Ils ne pouvaient croire. « Comment ! vous êtes sûr ! Il voulait…

— Je vous dis que je l'ai vu.

— Et, elle a refusé…

— Parce que le Prussien était dans la chambre à côté.

— Pas possible ?

— Je vous le jure. »

Le comte étouffait. L'industriel se comprimait le ventre à deux mains. Loiseau continuait : « Et, vous comprenez, ce soir, il ne la trouve pas drôle, mais pas du tout. »

Et tous les trois repartaient, malades, essoufflés, toussant.

On se sépara là-dessus. Mais M^{me} Loiseau, qui était de la nature des orties, fit remarquer à son mari, au moment où ils se couchaient, que « cette chipie » de petite Carré-Lamadon avait ri jaune toute la soirée : « Tu sais, les femmes, quand ça en tient pour[2] l'uniforme, qu'il soit français ou bien prussien, ça leur est, ma foi, bien égal. Si ce n'est pas une pitié, Seigneur Dieu ! »

1. Allusion au « Renard et les raisins », fable de La Fontaine. Le renard affamé n'arrive pas à atteindre des raisins et déclare ne pas les manger parce qu'ils sont trop verts, alors qu'ils sont parfaitement mûrs.

2. *En tenir pour* : aimer, être attiré par.

Et toute la nuit, dans l'obscurité du corridor coururent comme des frémissements, des bruits légers, à peine sensibles, pareils à des souffles, des effleurements de pieds nus, d'imperceptibles craquements. Et l'on ne dormit que très tard, assurément, car des filets de lumière glissèrent longtemps sous les portes. Le champagne a de ces effets-là ; il trouble, dit-on, le sommeil.

Le lendemain, un clair soleil d'hiver rendait la neige éblouissante. La diligence, attelée enfin, attendait devant la porte, tandis qu'une armée de pigeons blancs, rengorgés dans leurs plumes épaisses, avec un œil rose, taché, au milieu, d'un point noir, se promenaient gravement entre les jambes des six chevaux, et cherchaient leur vie dans le crottin fumant qu'ils éparpillaient.

Le cocher, enveloppé dans sa peau de mouton, grillait une pipe sur le siège, et tous les voyageurs radieux faisaient rapidement empaqueter des provisions pour le reste du voyage.

On n'attendait plus que Boule de suif. Elle parut.

Elle semblait un peu troublée, honteuse, et elle s'avança timidement vers ses compagnons, qui, tous, d'un même mouvement, se détournèrent comme s'ils ne l'avaient pas aperçue. Le comte prit avec dignité le bras de sa femme et l'éloigna de ce contact impur.

La grosse fille s'arrêta, stupéfaite ; alors, ramassant tout son courage, elle aborda la femme du manufacturier d'un « bonjour, Madame » humblement murmuré. L'autre fit de la tête seule un petit salut impertinent qu'elle accompagna d'un regard de vertu outragée. Tout le monde semblait affairé, et l'on se tenait loin d'elle comme si elle eût apporté une infection dans ses jupes. Puis on se précipita vers la voiture où elle arriva seule, la dernière, et reprit en silence la place qu'elle avait occupée pendant la première partie de la route.

On semblait ne pas la voir, ne pas la connaître ; mais M^{me} Loiseau, la considérant de loin avec indignation, dit à mi-voix à son mari : « Heureusement que je ne suis pas à côté d'elle. »

La lourde voiture s'ébranla, et le voyage recommença.

On ne parla point d'abord. Boule de suif n'osait pas lever les yeux. Elle se sentait en même temps indignée contre tous ses voisins, et humiliée d'avoir cédé, souillée par les baisers de ce Prussien entre les bras duquel on l'avait hypocritement jetée.

Mme la comtesse, se tournant vers Mme Carré-Lamadon, rompit bientôt ce pénible silence.

« Vous connaissez, je crois, Mme d'Étrelles ?

— Oui, c'est une de mes amies.

— Quelle charmante femme !

— Ravissante ! Une vraie nature d'élite, fort instruite d'ailleurs, et artiste jusqu'au bout des doigts : elle chante à ravir et dessine dans la perfection ! »

Le manufacturier causait avec le comte, et au milieu du fracas des vitres un mot parfois jaillissait : « Coupon – échéance – prime – à terme. »

Loiseau, qui avait chipé le vieux jeu de cartes de l'auberge, engraissé par cinq ans de frottement sur les tables mal essuyées, attaqua un bésigue avec sa femme.

Les bonnes sœurs prirent à leur ceinture le long rosaire qui pendait, firent ensemble le signe de la croix, et tout à coup leurs lèvres se mirent à remuer vivement, se hâtant de plus en plus, précipitant leur vague murmure comme pour une course d'orémus ; et de temps en temps elles baisaient une médaille, se signaient de nouveau, puis recommençaient leur marmottement rapide et continu.

Cornudet songeait, immobile.

Au bout de trois heures de route, Loiseau ramassa ses cartes : « Il fait faim », dit-il.

Alors sa femme atteignit un paquet ficelé d'où elle fit sortir un morceau de veau froid. Elle le découpa proprement par tranches minces et fermes, et tous deux se mirent à manger. « Si nous en faisions autant », dit la comtesse. On y consentit et elle déballa les provisions préparées pour les

deux ménages. C'était, dans un de ces vases allongés dont le couvercle porte un lièvre en faïence, pour indiquer qu'un lièvre en pâté gît au-dessous, une charcuterie succulente, où de blanches rivières de lard traversaient la chair brune du gibier, mêlée à d'autres viandes hachées fin. Un beau carré de gruyère, apporté dans un journal, gardait imprimé : « faits divers » sur sa pâte onctueuse.

Les deux bonnes sœurs développèrent un rond de saucisson qui sentait l'ail ; et Cornudet, plongeant les deux mains en même temps dans les vastes poches de son paletot-sac, tira de l'une quatre œufs durs et de l'autre le croûton d'un pain. Il détacha la coque, la jeta sous ses pieds dans la paille et se mit à mordre à même les œufs, faisant tomber sur sa vaste barbe des parcelles de jaune clair qui semblaient, là-dedans, des étoiles.

Boule de suif, dans la hâte et l'effarement de son lever, n'avait pu songer à rien ; et elle regardait, exaspérée, suffoquant de rage, tous ces gens qui mangeaient placidement. Une colère tumultueuse la crispa d'abord, et elle ouvrit la bouche pour leur crier leur fait avec un flot d'injures qui lui montait aux lèvres ; mais elle ne pouvait pas parler tant l'exaspération l'étranglait.

Personne ne la regardait, ne songeait à elle. Elle se sentait noyée dans le mépris de ces gredins honnêtes qui l'avaient sacrifiée d'abord, rejetée ensuite, comme une chose malpropre et inutile. Alors elle songea à son grand panier tout plein de bonnes choses qu'ils avaient goulûment dévorées, à ses deux poulets luisants de gelée, à ses pâtés, à ses poires, à ses quatre bouteilles de bordeaux ; et sa fureur tombant soudain, comme une corde trop tendue qui casse, elle se sentit prête à pleurer. Elle fit des efforts terribles, se raidit, avala ses sanglots comme les enfants ; mais les pleurs montaient, luisaient au bord de ses paupières, et bientôt deux grosses larmes, se détachant des yeux, roulèrent lentement sur ses joues. D'autres les suivirent plus rapides coulant comme les gouttes d'eau qui filtrent d'une roche, et tombant régulièrement sur

la courbe rebondie de sa poitrine. Elle restait droite, le regard fixe, la face rigide et pâle, espérant qu'on ne la verrait pas.

Mais la comtesse s'en aperçut et prévint son mari d'un signe. Il haussa les épaules comme pour dire : « Que voulez-vous ? ce n'est pas ma faute. » M^me Loiseau eut un rire muet de triomphe, et murmura : « Elle pleure sa honte. »

Les deux bonnes sœurs s'étaient remises à prier, après avoir roulé dans un papier le reste de leur saucisson.

Alors Cornudet, qui digérait ses œufs, étendit ses longues jambes sous la banquette d'en face, se renversa, croisa ses bras, sourit comme un homme qui vient de trouver une bonne farce, et se mit à siffloter la Marseillaise[1].

Toutes les figures se rembrunirent. Le chant populaire, assurément, ne plaisait point à ses voisins. Ils devinrent nerveux, agacés, et avaient l'air prêts à hurler comme des chiens qui entendent un orgue de barbarie. Il s'en aperçut, ne s'arrêta plus. Parfois même il fredonnait les paroles :

> *Amour sacré de la patrie,*
> *Conduis, soutiens, nos bras vengeurs,*
> *Liberté, liberté chérie,*
> *Combats avec tes défenseurs !*

On fuyait plus vite, la neige étant plus dure ; et jusqu'à Dieppe, pendant les longues heures mornes du voyage, à travers les cahots du chemin, par la nuit tombante, puis dans l'obscurité profonde de la voiture, il continua, avec une obstination féroce, son sifflement vengeur et monotone, contraignant les esprits las et exaspérés à suivre le chant d'un bout à l'autre, à se rappeler chaque parole qu'ils appliquaient sur chaque mesure.

Et Boule de suif pleurait toujours ; et parfois un sanglot, qu'elle n'avait pu retenir, passait, entre deux couplets, dans les ténèbres.

1. Chant révolutionnaire des Marseillais qui deviendra, en 1879, l'hymne national des Français.

Bibliographie

Les œuvres de Maupassant

Maupassant a publié plus d'une trentaine de livres de son vivant. Il existe diverses rééditions des recueils et des romans originaux et d'autres, tout aussi nombreuses, qui présentent des sélections de nouvelles et de contes, accompagnées ou non de notes et de dossier d'étude.

Éditions originales

Seules les éditions originales des romans et des nouvelles sont énumérées ci-dessous.

- *Boule de suif,* p. 51-105 dans *Les Soirées de Médan,* Charpentier, 1880.
- *La maison Tellier,* Havard, 1881.
- *Mademoiselle Fifi.* Nouveaux Contes, Havard, 1882.
- *Une vie (L'humble vérité),* Havard, 1883.
- *Contes de la Bécasse,* Rouveyre et Blond, 1883.
- *Clair de lune,* Monnier, 1883.
- *Les sœurs Rondoli,* Ollendorff, 1884.
- *Miss Harriet,* Havard, 1884.
- *Bel-Ami,* Havard, 1885.
- *Yvette,* Havard, 1884.
- *Contes du jour et de la nuit,* Marpon et Flammarion, 1885.
- *Toine,* Marpon et Flammarion, 1885.
- *Monsieur Parent,* Ollendorf, 1886.
- *La petite Roque,* Havard, 1886.
- *Mont-Oriol,* Havard, 1887.
- *Le Horla,* Ollendorff, 1887.
- *Pierre et Jean,* Ollendorff, 1888.
- *Le rosier de Madame Husson,* Quantin, 1888.
- *La main gauche,* Ollendorff, 1889.
- *Fort comme la mort,* Ollendorff, 1889.
- *Notre cœur,* Ollendorff, 1890.
- *L'inutile beauté,* Havard, 1890.

Éditions contemporaines

Contes et Nouvelles. Romans (2 volumes), éd. établie par Brigitte Monglond, Paris, R. Laffont, « Bouquins », 1988.

Romans, éd. établie par Louis Forestier, Paris, Gallimard, « Bibliothèque de la Pléiade », 1991.

Contes et Nouvelles (2 volumes), préf. d'Armand Lanoux, éd. établie par Louis Forestier, Paris, Gallimard, « Bibliothèque de la Pléiade », 1992 et 1993.

À propos de Maupassant

BURY, Marianne. *La poétique de Maupassant,* Paris, SEDES, 1994.

DAHHAN, Philippe. *Maupassant et les femmes,* Luneray, Bertout, 1996.

SCHMIDT, Albert-Marie. *Maupassant par lui-même,* Paris, Seuil, « Écrivains de toujours », 1962.

THUMEREL, Thérèse et Fabrice. *Maupassant,* Paris, Armand Colin, « Thèmes et Œuvres », 1992.

À propos des nouvelles du présent recueil

FORESTIER, Louis. *Louis Forestier commente* Boule de suif et La maison Tellier *de Guy de Maupassant,* Paris, Gallimard, « Foliothèque », 1995.

La maison Tellier, éd. établie par Patrick Ward Lasowski, Paris, Livre de poche, « Classique de Poche », 1983.

Un site incontournable

http://www.maupassant.free.fr/index.html